LE PROF CANNIBALE

LE PROF CANNIBALE

Texte et illustrations
de
Richard Petit

© 2003

2ᵉ impression : septembre 2005

Boomerang éditeur jeunesse remercie la SODEC pour l'aide accordée à son programme éditorial.

ISBN : 2-89595-016-4
Imprimé au Canada
Dépôt légal : Bibliothèque nationale du Québec,
3ᵉ trimestre 2003
Dépôt légal : Bibliothèque et archives Canada,
3ᵉ trimestre 2003

Première édition © 1997 Les presses d'or
ISBN original : 1-55225-028-8

Boomerang éditeur jeunesse inc.
Québec (Canada)

Courriel : edition@boomerangjeunesse.com
Site Internet : www.booomerangjeunesse.com

TOI!

Tu fais maintenant partie de la bande des
TÉMÉRAIRES DE L'HORREUR.

OUI ! Et c'est TOI qui as le rôle principal dans ce livre où tu auras plus à faire que de tout simplement... LIRE. En effet, tu devras déterminer le dénouement de l'histoire en choisissant parmi les numéros suggérés afin, peut-être, d'éviter de basculer dans des pièges terribles ou de rencontrer des monstres horrifiants...

Aussi, au cours de ton aventure, lorsque tu feras face à certains dangers, tu auras à **TOURNER LES PAGES DU DESTIN...** ce qui consiste à faire glisser ton pouce sur le côté du livre en faisant tourner les feuilles rapidement pour t'arrêter au hasard sur une page et lire le sort qui t'est réservé.

Lorsqu'on te demandera de TOURNER LES PAGES DU DESTIN, tu choisiras, selon le cas, le pictogramme qui concerne l'événement, par exemple :

Si tu arrives devant une porte :

ce pictogramme représente une porte verrouillée ;

celui-ci représente une porte déverrouillée.

S'il y a des monstres :

ce pictogramme veut dire qu'ils t'ont vu ;

celui-ci veut dire qu'ils ne t'ont pas vu.

Est-ce que tu as réussi à fuir ?

Ce pictogramme signifie que tu as réussi à fuir ;

celui-ci signifie que tu as été attrapé.

Combien obtiens-tu avec le dé ? (Voici les faces de un à six du dé.)

Et n'oublie pas : une seule finale te permet de vraiment terminer Le prof cannibale.

Bienvenue à l'école Saint-Macabre.

Il est 16 h 45. Comme c'est l'automne, le soleil orangé, voilé par une couverture de nuages, se couche déjà à l'horizon. Les classes sont déjà terminées depuis un bon moment. Tout le monde est parti, enfin presque tout le monde. Seul le halo des lumières d'une des classes illumine le pavé humide et le vieux chêne de la cour de l'école. À l'intérieur de celle-ci se trouve Pierre-Michel. Il est encore en retenue. Mais ce sera la dernière fois : pas parce qu'il l'a promis à ses parents, mais parce que cette fois-ci, il est seul... SEUL AVEC LE PROFESSEUR !

Le lendemain matin... **DRIIIIIING !** Chaudement emmitouflé sous tes couvertures, tu tends le bras vers ton réveille-matin. **CLICK !** fait l'interrupteur lorsque tu appuies dessus. « Déjà 7 h 15 du matin ! C'est pas vrai... » Les yeux bouffis, tu t'assois péniblement dans ton lit, puis tu te lèves. Debout devant ta fenêtre, comme à chaque matin, tu es perdu dans cette pensée qui semble en fait ne pas vouloir te quitter depuis quelques jours : SAINT-MACABRE, TON ÉCOLE...

Tu enfiles ta robe de chambre pour te rendre à la cuisine, mais juste au moment où tu vas sortir de ta chambre, tes yeux s'immobilisent, de manière fortuite, sur ta photo de classe accrochée au mur, et une onde de tristesse t'envahit. 1, 2, 3, 4..., 27, comptes-tu avec ton doigt. « Nous étions 27 élèves au début de l'année scolaire et nous ne sommes plus que 22 maintenant. Ma foi, qu'est-ce qui peut bien leur être arrivé ? » te demandes-tu en regardant, avec mélancolie, le visage de chacun de tes copains de classes... DISPARUS !

Pas étonnant que tes notes soient si basses; comment peut-on se concentrer sur ses études dans de telles circonstances ? Un détail te vient tout à coup à l'esprit. Un détail, qui semble avoir échappé à tout le monde, même aux policiers...

« MAIS C'EST VRAI ! Comment se fait-il que personne ne l'ait remarqué ? Chacun des élèves disparus a fait de la retenue... te dis-tu en descendant l'escalier. Les élèves ne se volatilisent pas comme ça tandis qu'ils se rendent à l'école. C'est à l'école même qu'ils disparaissent. Ça fait des semaines que j'ai ce sentiment bizarre. Saint-Macabre : avec un nom pareil, il est clair qu'il se passe des trucs horribles », conclus-tu en t'assoyant à la table de la cuisine.

Tu te retrouves maintenant au numéro 7.

2

« Mes parents me l'ont souvent répété : " À l'école, travaille fort, et tu pourras devenir quelqu'un ", disaient-ils. Médecin, policier ou peut-être même ministre, qui sait ! Jamais ils n'ont fait allusion à ce qui va m'arriver maintenant. Qui aurait pu prévoir que Saint-Macabre ferait de moi... UN HAMBURGER !!! »

FIN

Oui, effectivement, tu es d'une pâleur à faire peur... Peut-être devrais-tu aller manger quelque chose ?

Le front couvert de sueur, l'estomac qui gargouille sans cesse d'une drôle de façon, tu te diriges vers la cafétéria pour rassasier cette étrange faim qui te tenaille. Une faim que tu n'as jamais connue dans le passé. C'est bizarre, mais chacun des élèves que tu rencontres dans le couloir te semble soudain... APPÉTISSANT !

Eh oui, maintenant, tu les regardes avec appétit. Pourquoi ? Parce que tu es devenu toi aussi... UN CANNIBALE !

FIN

En sortant par le vitrail brisé, Marjorie s'égratigne très légèrement le bras sur un bout de verre cassé.

« OUCH ! Ça y est, je suis finie! gémit-elle en prenant son air d'actrice de grand théâtre. Continuez sans moi, laissez-moi mourir en héroïne.

Vous donnerez ma médaille d'honneur à mon mari et vous direz à mes sept enfants que je les aime. Toi, Jean-Christophe, mon frère, je te laisse en héritage tous les p'tits gâteaux que maman nous donne pour dessert et...

— Veux-tu la fermer ! grogne son frère, cesse ta comédie. Toi, quand tu veux, tu es une vraie plaie! À travers le monde, il n'y a pas un sparadrap assez gros pour t'empêcher de dire des conneries... »

Une fois sortis de l'église, vous vous retrouvez dans la cour, entourés de haies denses d'aspect sinistre qui serpentent dans la cour. « Mais c'est un vrai labyrinthe ! lances-tu à tes amis qui semblent aussi perdus que toi.

— C'est par là qu'il faut passer », montre du doigt Marjorie, en apercevant au loin par-dessus la cime des arbres un des bâtiments du campus de l'école.

Marchez sans vous perdre jusqu'au numéro 33.

Ce gros bouquin qui traite des zombis semble très ancien. Tellement qu'au moment où tu le prends entre tes mains, il tombe en poussière et une forte odeur de pourriture s'en dégage. « POUAH ! fait Jean-Christophe, ce que ça sent mauvais ! Tu n'aurais pas dû y toucher. Il faut en choisir un autre... »

Retournez au numéro 26.

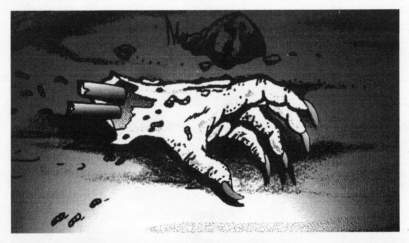

« REGARDEZ ! C'EST UNE MAIN », cries-tu en pointant du doigt le tas de débris d'où émerge une répugnante main sans corps infestée d'asticots, qui gratte le sol et avance vers nous. « BEURK ! Il faut rebrousser chemin », s'écrie Marjorie en reculant sans lâcher la main du regard.

Si invraisemblable qu'elle t'ait paru, la légende du mort-vivant qui hante le vieux chantier te semble maintenant bien réelle. Et évidemment, comme cette légende dit « Où se trouve la main du mort se trouve aussi le mort-vivant », il ne doit donc pas être très loin. À ta place, je regarderais en arrière...

Retourne-toi en vitesse et va au numéro 18.

7

Soudain, tu éprouves un étrange pressentiment. Comme si aujourd'hui, OUI ! AUJOURD'HUI, il allait se passer quelque chose de terrible...

Assise devant toi, ta mère sirote un café tout en feuilletant le journal qu'elle a dû arracher à ton père, comme elle le fait chaque matin depuis qu'elle s'est trouvé cet emploi dans une firme de publicité. « T'es chanceux d'avoir des parents aussi OLÉ OLÉ », te disent tes copains, même si ton paternel croit que tu devrais arrêter de courir les fantômes. « Toutes ces histoires qui ne tiennent pas debout vont finir par te rendre zinzin », te répètent-ils sans cesse.

Tu verses le sirop sur tes crêpes toutes chaudes en le regardant onduler et dessiner de jolis motifs. Au moment où tu t'apprêtes à déguster la première bouchée, l'une des manchettes de la une du journal arrête la course de la fourchette vers tes lèvres : « UN AUTRE ÉLÈVE DE L'ÉCOLE SAINT-MACABRE DISPARAÎT ». Une grande colère s'installe en toi. « C'en est trop, il faut prendre le taureau par les cornes, ou devrais-je plutôt dire, il faut prendre le monstre par les verrues ! »

Deux possibilités s'offrent à toi :

PRIMO ! Lire cet article du journal, ce qui pourrait sûrement t'apporter des renseignements supplémentaires sur ce mystère. Si c'est ce que tu veux, va au numéro 14.

SECUNDO ! Tu peux aussi te contenter de déjeuner et partir pour l'école afin d'éviter d'être en retard, car comme tu sais, à Saint-Macabre, on ne DIGÈRE pas les retardataires. Dans ce cas, rends-toi au numéro 10.

8

Arrivés près de l'école, vous apercevez trois voitures de détective stationnées près des bureaux de l'administration.

« Si les policiers nous voient, ils ne nous laisseront jamais entrer », soutient Marjorie, bien cachée derrière un bosquet.

« Pour ne pas nous faire remarquer, il va falloir passer par la fenêtre du gym », proposes-tu aux autres. À l'instant même, l'orage éclate.

BROOOUUUUMMM !

« J'ai l'impression que nous sommes suivis », déclare Audrey en plissant les yeux pour mieux voir. « Je ne remarque rien, répond Marjorie après avoir jeté un bref regard tout autour, c'est sans doute le bruit du tonnerre. » Soudain, un autre éclair zèbre le ciel et illumine du même coup vos poursuivants. Une meute de loups affamés! GRRRRRRR ! Il y en a sept ou huit. Vous vous dites que c'est sûrement un cauchemar, et que vous allez vous réveiller dans votre lit douillet. Eh bien non ! Vous êtes bien éveillés, et ces horribles loups couverts d'une épaisse toison sont bien réels. Implacablement, ils avancent gueule ouverte vers vous. Leurs yeux rougis de rage réclament du sang... S'ils vous attrapent, vous aurez la peur de votre vie, ou plutôt la peur de votre MORT...

Pour savoir si ces loups vont vous attraper, *TOURNE LES PAGES DU DESTIN.*

S'ils vous attrapent, allez au numéro 76.
Mais si, par contre, vous réussissez à fuir, rendez-vous vite au numéro 23.

9

En te dirigeant vers le grand corridor où se trouvent les casiers, tu te demandes si ce passage secret existe vraiment ou s'il s'agit tout simplement d'une autre rumeur. « Il n'y a que moi qui peut croire à ce genre de truc. De toute façon, nous le saurons très bientôt, te dis-tu, car j'ai la ferme intention de fouiller cet endroit de fond en comble. »

Dans le couloir, l'air te semble étonnamment frais, comme si une fenêtre était ouverte. Pourtant, il n'y a ni fenêtre ni bouche de ventilation ici. « Regardez bien dans chacun des casiers, leur dis-tu dans un murmure étouffé.

— Il y en a plus d'une centaine, réplique Jean-Christophe. Ça va nous prendre des heures pour tous les vérifier.

— Tu as pensé à Audrey ? lui rappelles-tu en ouvrant le troisième casier.

— Regardez, lance soudainement Marjorie, la case à l'autre bout du corridor... ELLE S'OUVRE D'ELLE-MÊME ! »

Non, pas d'elle-même puisqu'une silhouette familière en sort... Tu ravales ta salive bruyamment. C'EST LE PROF ARNIVORE, LE CANNIBALE EN PERSONNE ! C'est donc vrai cette histoire de passage secret.

« CACHEZ-VOUS ! s'exclame Jean-Christophe, il regarde par ici... »

Vous a-t-il aperçus ? Pour le savoir, TOURNE LES PAGES DU DESTIN.

S'il ne vous a pas vus, suivez-le jusqu'au numéro 61. Mais si par malheur il vous a vus, rendez-vous au numéro 59.

Tu jettes un regard à ta montre, il est 7 h 42. Le visage souriant de ta mère émerge de derrière le journal qu'elle tient dans ses mains. « Bonjour ! Si tu veux ce matin, je peux aller te reconduire à l'école avant de me rendre au bureau, te propose-t-elle en se replongeant de nouveau dans sa lecture.

— Non merci, maman, je préfère prendre l'autobus avec mes amis, lui réponds-tu avant d'entamer ton petit déjeuner.

— À ta guise, te souffle-t-elle, toujours cachée derrière son journal.

— Maman, je voudrais te parler de quelque chose... Tu sais, à propos de toutes ces étranges disparitions ? Eh bien, j'en suis venu à la conclusion que les élèves disparaissent à l'école même et non lorsqu'ils s'y rendent, contrairement à ce que tout le monde croit, lui révèles-tu, convaincu de ce que tu avances.

— Mais qu'est-ce que tu racontes là ? te demande-t-elle en fronçant les sourcils.

— Aussi incroyable que cela puisse paraître, j'ai remarqué que tous ces élèves avaient un point en commun : ILS ONT TOUS FAIT DE LA RETENUE... Ne trouves-tu pas cela étrange ?

— Mais voyons, ne dis pas de sottises ! Je crois que tu devrais cesser de lire ces romans d'horreur avant de te mettre au lit, car tu vois le mal partout lorsque tu te lèves le lendemain matin. Je dois admettre qu'il se passe des choses assez graves à l'école, mais la police nous a assurés qu'elle avait la situation bien en main. Alors je t'en prie, cesse de t'en faire et concentre-toi plutôt sur tes études », soupire-t-elle en poursuivant sa lecture.

« Si elle pense que c'est facile à faire, songes-tu en avalant un morceau de crêpe. Comment me concentrer sur mes études avec ce maniaque qui court à l'école ? C'est à croire qu'elle n'a pas lu la une du journal. Mes copains de classe disparaissent un à un, et personne, pas même la police, ne semble en mesure de résoudre ce mystère. Je sais ce qu'il me reste à faire. Je n'ai plus le choix ! Il faut prendre le taureau par les cornes ou, devrais-je plutôt dire, il faut prendre le monstre par les verrues... Avec les TÉMÉRAIRES DE L'HORREUR, je ferai ma petite enquête », te dis-tu en léchant la goutte de sirop qui coule sur le bord de ta lèvre.

Rends-toi au numéro 45.

« La porte n'est pas verrouillée, mais elle ne S'OUVRE PAS ! hurles-tu à Jean-Christophe, en jetant des regards affolés à la porte et au fou sanguinaire qui s'approche...

— POUSSE-TOI, te crie-t-il. Il empoigne alors la poignée de ses deux mains, tu retiens ta respiration, et par un solide coup d'épaule, **VLAN !** la force à s'ouvrir. VENEZ ! vous lance-t-il, sortons d'ici.» Vous dévalez un après l'autre le petit escalier du bus en touchant à peine les marches.

« OUF ! » soupires-tu, maintenant en sécurité dans la cour parmi les autres élèves de l'école. L'ignoble chauffeur, resté bredouille, reprend sa place et repart l'estomac vide avec son bus. Ses yeux, rougis par la rage, ressemblaient à des taches de sang sur un visage de mort. Il te regardait d'une manière si effrayante, et son répugnant sourire semblait dire : « ON SE REVERRA AU DÎNER. »

Soudain, la cloche annonçant le début des cours sonne **DRRIIING** *!, comme si elle sonnait le début d'une monstrueuse histoire dans laquelle le perdant pourrait figurer... AU MENU. Tenaillé par la peur, tu entres dans l'école et te diriges nerveusement vers ton casier. Retrouve-toi au numéro 67.*

12

« C'est toujours moi qui hérite des pires corvées », se plaint Marjorie, en étirant le cou pour mieux voir à l'intérieur de la corbeille à papier. Comme elle regarde dedans, l'araignée sort d'un coup et disparaît dans une des fissures du plancher. Tout au fond de la corbeille, il y a un petit bout de papier, ou plutôt un reçu de caisse...

Pour savoir de quoi il s'agit, rends-toi au numéro 99.

13

Quel malheur ! Cette sacrée vieille clé est introuvable. Fouiller son bureau est devenu inutile, car peu importe ce que vous y trouveriez, il vous est maintenant impossible d'y donner suite. Il ne vous reste plus qu'à vous cacher et espérer..., espérer qu'une personne autre que ce professeur cannibale vienne vous délivrer.

Vous vous retrouvez dans son bureau fermé à clé au numéro 52.

14

Sa lecture terminée, ta mère dépose le journal sur la table, juste en face de toi : « UN AUTRE ÉLÈVE DE L'ÉCOLE SAINT-MACABRE DISPARAÎT ».

Un simple regard sur ce gros titre te donne la nausée. Tu prends le journal, au moment où ta mère se lève, t'embrasse sur le front en te souhaitant bonne journée et quitte la maison pour se rendre à son travail. Tu scrutes alors les pages une à une jusqu'à ce que tu arrives sur celle qui parle de cette autre tragédie.

« Il semblerait que Pierre-Michel, un élève de Saint-Macabre, ne soit jamais revenu de l'école. Ses parents ont avisé aussitôt les autorités. Ils ont aussi mentionné que Pierre-Michel faisait de la retenue après l'école. Malgré une enquête approfondie, la police n'a jusqu'ici pas le moindre indice pouvant aider à résoudre cette autre horrifiante affaire. »

« LA RETENUE ! Je m'en doutais », te dis-tu tandis que quelqu'un sonne à la porte.

DING ! DONG ! *Va ouvrir à la page 31.*

15

Vous courez à toutes jambes dans ce tronçon de corridor comme pour vous réveiller d'un cauchemar.

Tout au fond, vous arrivez à la salle des profs, ou si tu préfères « la salle des morts-vivant », mais il semble n'y avoir personne. Ils sont sûrement tous partis... MANGER ! Entrez par le numéro 84.

16

« Ne bougez pas d'ici, je veux savoir qui a joué de l'orgue. » Sachant fort bien que ça pourrait être dangereux, tu montes tout de même l'escalier. Dans les coins, la poussière et la pourriture témoignent de sa fragilité. « J'espère que cet escalier est plus solide que la porte », te dis-tu. En arrivant au haut côté de la nef, tu jettes un coup d'oeil autour de l'orgue... Il n'y a personne. Au moment où tu t'apprêtes à faire demi-tour, le vieil instrument de musique se met encore une fois à jouer quelques fausses notes.

« Étrange, ça doit être l'eau qui s'écoule du plafond qui fait ça », te rassures-tu. Mais à cet instant, tu aperçois dans la pénombre les touches du clavier de l'orgue couvert d'une multitude d'insectes difformes...

DES CENTAINES D'AFFREUX INSECTES MUTANTS !

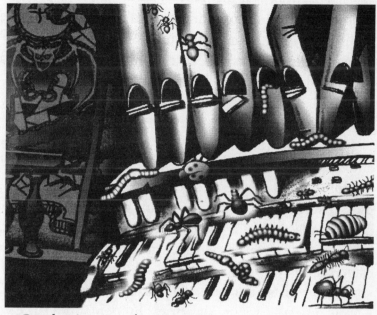

Rends-toi au numéro 46.

17

SHH-H-H-H-H ! fait la porte en se refermant. « Assoyons-nous ici, en avant, près du chauffeur, la presses-tu en l'attrapant par son sac à dos. Surtout, pas d'affolement, lui dis-tu à voix basse, question de la calmer un peu.

— Oh non ! Il ne faut surtout pas s'affoler, se moque-t-elle en retrouvant tout d'un coup sa verve habituelle. Non, mais as-tu vu le journal de ce matin ? poursuit-elle. Il y a un autre élève qui a disparu à l'école Saint-Macabre. C'est tout simplement catastrophique ! Si ça continue comme ça, on va tous y passer... »

L'autobus s'immobilise à un arrêt. Plusieurs élèves embarquent, et Jean-Christophe est parmi eux. Il est le plus âgé des Téméraires de l'horreur. C'est aussi le plus costaud de tes amis. Il est un peu « les muscles » de la bande ; il n'y a pas grand-chose qui lui fait peur, lui, sauf peut-être de perdre son billet pour aller à la cafétéria de l'école...

Audrey glisse sur le banc pour lui faire une place. « Mais où est ta soeur Marjorie ? lui demandes-tu. Elle qui ne te lâche jamais d'une semelle d'habitude, est-elle malade ?

— Justement, vous ne me croirez pas... Hier à l'école, il lui est arrivé quelque chose de plutôt incroyable... ELLE S'EST FAIT MORDRE, raconte Jean-Christophe, et ce matin elle n'allait pas très bien.

— Ce sont des choses qui arrivent entre gamins, répond Audrey, ne t'en fais pas pour cela.

— Ne pas m'en faire ? répète-t-il. Ce n'est pas un autre élève qui l'a mordue... »

Si ce n'est pas un autre élève, qui peut bien avoir fait ça alors ? Rendez-vous au numéro 22.

18

Oui, il est juste derrière toi...

« QUOI ! t'écries-tu en t'enfuyant à toutes jambes. Le mort-vivant qui hante le chantier est en fait... LE DIRECTEUR DE L'ÉCOLE SAINT-MACABRE !!! Oui, le directeur, répètes-tu avec une grimace épouvantée. Oui! son corps est très corrompu, mais c'est bien lui. » Il s'approche d'un air vicieux, son sourire en dents de piano bourré d'asticots réclame du sang.

« S'il nous attrape, ce ne sera pas des devoirs supplémentaires ni une retenue qu'il va nous donner, vous pouvez me croire ! s'écrie Jean-Christophe. Fuyons... VITE !

— Catastrophe ! Marjorie ne peut nous suivre, car elle est aux prises avec la repoussante main du directeur qui l'a attrapée par son jeans.

— Lâche-moi, espèce de sale main pourrie, clame-t-elle en se tiraillant pour se libérer de son emprise. VA DONC TE FAIRE UNE MANUCURE ! lui crie-t-elle en lui assenant un solide coup de sac à dos, l'expédiant près du directeur. Vite, par... par ici ! Là... là c'est libre, bégaie-t-elle, encore sous le choc. Cachons-nous dans un des gros cylindres de béton là-bas. »

Planqués dans la pénombre de la grosse structure de béton, vous espérez qu'il vous laissera tranquille. Mais, désillusion, il s'approche. CHUT ! il est juste au bout du tuyau dans lequel vous vous êtes cachés. Il se penche afin de scruter la noirceur.

Pour savoir s'il va vous apercevoir, TOURNE LES PAGES DU DESTIN.

S'il passe sans vous voir, fuyez vite au numéro 29.
Mais si, par contre, il vous a aperçus, rendez-vous au numéro 41.

19

C'est toujours un peu la cohue au début du cours. Le bruit des chaises qui frottent sur le plancher, les discussions entre élèves, la musique en sourdine des baladeurs, tout ce fouillis s'arrête au son de l'habituel fracas du livre lancé sur le bureau par le professeur afin de vous ramener à l'ordre. **VLAN !** « Écoutez-moi tous, vous dit-il sur son ton habituel, monocorde et sans vie, sortez vos devoirs et vos stylos à bille ROUGES, nous allons en faire la correction. »

« Max..., Maxime, chuchotes-tu à l'élève assis juste en avant de toi, je connais l'identité des responsables de toutes ces horribles disparitions.

— Tais-toi, répond-il d'un ton sec, veux-tu nous faire prendre ?

— Je te le dis, je sais tout ! insistes-tu en lui prenant l'épaule.

— Lâche-moi ! grogne-t-il, agacé. Mais qu'est-ce que tu peux bien savoir de plus que la police ?

— Eh bien, pour commencer, savais-tu que Marjorie s'est fait mordre par notre professeur hier ? Ce n'est pas tout ! Le chauffeur du bus de l'école a des dents pointues comme des lames et selon *L'Encyclopédie noire de l'épouvante*, ça voudrait dire qu'ils sont tous les deux... des cannibales !

— DES CANNIBALES ! Je savais que cela arriverait un jour ; oui, je savais que toutes ces chips au B.B.Q. que tu ingurgites à la récré te feraient perdre la boule », s'exclame-t-il en se retournant vers le professeur.

Après plusieurs minutes d'une attente qui te semblait interminable... **DRIIING !** *La cloche de la récréation retentit. Tel que convenu, tu vas rejoindre tes amis près du bureau du directeur au numéro 30.*

Il fait très chaud. Mal à l'aise, tu ouvres très lentement les yeux pour constater que vous êtes tous les deux attachés dans un immense chaudron rempli d'eau mise à bouillir sur un poêle.

« Oh non, dites-moi que tout ceci n'est qu'un mauvais rêve ! Ils vont faire de nous une espèce de RAGOÛT D'ÉTUDIANTS ! constates-tu, en remarquant les légumes qui flottent tout autour de toi. JEAN-CHRISTOPHE ! Réveille-toi ! lui cries-tu en le secouant comme un pantin.

— Quoi! que se passe-t-il ? demande-t-il en essayant de retrouver ses esprits.

— Nous sommes perdus, regarde-les, lui montres-tu. Ils se préparent à se mettre à table, et figure-toi que le repas... C'EST NOUS !

— SAPRISTI ! »

Soudain, alors que vous croyez qu'il ne vous reste plus rien à faire sauf d'avaler votre salive, un léger craquement provenant de la réserve juste en arrière de vous se fait entendre. « Tu peux voir ce que c'est ? te demande Jean-Christophe à voix basse.

— Non je ne peux pas me retourner, ces liens m'en empêchent, marmonnes-tu en essayant de tourner la tête.

— Je ne sais pas de quoi il s'agit, mais ça vient vers nous... »

Maintenant tu as un drôle de choix à faire. Tu peux, si tu le veux, fermer ce livre et oublier pour toujours ce cauchemar. Mais s'il te reste ne serait-ce qu'une once de bravoure, tourne ces pages jusqu'au numéro 112...

21

VRRRRRRR! fait l'autobus en redémarrant. « ALLONS VERS L'ARRIÈRE », souffles-tu à Audrey, qui a le visage empreint d'une expression d'horreur. Il faut dire qu'elle n'est plus que l'ombre d'elle-même depuis que les élèves disparaissent les uns après les autres.

Le bus stoppe à un arrêt. Jean-Christophe, suivi de sa soeur Marjorie, monte et se dirige vers vous. Avec eux, la bande des TÉMÉRAIRES DE L'HORREUR est complète. Jean-Chistophe, lui, c'est le costaud de la bande, il n'y a pas grand-chose qui lui fait peur à lui. L'autre, c'est sa jeune soeur Marjorie, une petite futée celle-là. Tu n'oublieras jamais qu'elle vous avait sortis d'une impasse en insérant son doigt dans l'oeil du cyclope de la montagne de la mort pendant vos dernières vacances. Avec ces deux-là à tes côtés, tes chances de faire la lumière sur cette sombre affaire sont bien meilleures.

« Avez-vous vu le journal de ce matin ? leur demandes-tu. C'est terrible, poursuis-tu sans attendre qu'ils te répondent, ça ne peut pas continuer ainsi. Je ne suis sûr que d'une chose : c'est à l'école qu'il faut chercher, car chacun des élèves disparus a fait de la retenue le jour même de sa disparition. Saint-Macabre cache un terrible secret. Nous devons absolument le trouver.

— Tu crois ? Alors qui était de garde à la période de retenue, hier ? te demande Jean-Christophe.

— Je crois que c'était notre prof, lui réponds-tu, mais je ne suis pas sûr. »

Le bus s'arrête enfin à l'entrée de la cour d'école. Ce matin, ce n'est pas la cloche qui pousse les élèves à entrer en classe, mais un violent orage. Lugubre façon de commencer l'incroyable aventure dans laquelle vous voulez vous engager, tes amis et toi... Dirigez-vous vers votre classe au numéro 55.

22

« C'EST UN PROFESSEUR !

— QUOI ? Mais qu'est-ce que tu dis ? C'est un professeur qui l'aurait mordue ? lui chuchotes-tu, stupéfait, en essayant tant bien que mal de cacher ta peur.

— Je sais que cela peut sembler invraisemblable, mais c'est la vérité, vous révèle Jean-Christophe. Marjorie m'a tout raconté. Comme punition pour avoir lancé le ballon sur le toit de l'école, on l'avait mise de corvée à la cuisine avec son ami Yannick. C'est à ce moment-là que ça s'est passé. »

Tes yeux fixent le visage de Jean-Christophe, qui est blanc comme un drap. Quelle histoire ! penses-tu en regardant Audrey qui tente de le réconforter.

— Y aurait-il un lien entre cet incident et les disparitions, lui demandes-tu, abasourdi par cette nouvelle. Mais au fait, de qui s'agit-il ?

— C'EST NOTRE PROFESSEUR, te répond-il, je sais que c'est difficile à AVALER, mais je vous le jure. J'ai consulté *L'Encyclopédie noire de l'épouvante*, notre prof serait un cannibale ! Il y est écrit aussi que l'on peut reconnaître un cannibale par sa peau pâle et ses dents pointues comme des lames, comme les crocs d'un carnivore. Je ne sais pas si vous avez remarqué, mais la dentition de notre professeur est vraiment proéminente. Oui, ses dents sont bien longues et... bien pointues. Et ce n'est pas la seule mauvaise nouvelle... UN CANNIBALE N'EST JAMAIS SEUL ! »

Le tonnerre gronde, laissant présager le pire. Le ciel s'assombrit et les premières gouttelettes de pluie font leur apparition sur les vitres du bus qui s'arrête devant la cour d'école. Sans que vous vous en rendiez compte, Izod Krocodil, le chauffeur, vous épiait et écoutait votre conversation. Lentement, il se tourne vers vous : « Excusez-moi les enfants, mais je ne peux plus vous laisser sortir étant donné que vous avez découvert notre petit secret », vous dit-il avec une lueur gourmande dans les yeux et le sourire aux lèvres, laissant entrevoir... SES DENTS.

Tu ravales bruyamment ta salive pour mieux crier NOOOOON !!! en tirant aussitôt tes amis par leurs vêtements. « SORTONS PAR LA PORTE ARRIÈRE ! »

Mais va-t-elle s'ouvrir ? TOURNE LES PAGES DU DESTIN pour le savoir. Fais vite, car Izod le chauffeur marche vers vous en ricanant monstrueusement... « HA! HA! HA ! »

Si elle s'ouvre, dépêchez-vous de sortir et courez jusqu'au numéro 11.

Mais si, par malheur, le chauffeur a bloqué le mécanisme d'ouverture, allez au numéro 110, pour connaître la suite.

23

En courant autour des bâtiments du campus de l'école, vous finissez par les semer. Essoufflés, mais au moins sains et saufs, vous vous collez dos au mur sous la corniche, question de reprendre votre souffle et de vous protéger de la pluie qui tombe de plus belle.

« Regardez ! PFEU ! PFEU ! C'est la sortie d'urgence tout près des bureaux des profs, vous montre Audrey. Entrons vite, je suis trempée jusqu'aux os. »

Avant d'entrer, tu jettes un bref coup d'oeil par le trou de la serrure. « C'est le bureau du professeur cannibale », chuchotes-tu. En effet, sur la porte demeurée entrouverte, il y a une plaque de laiton portant son nom : C. ARNIVORE.

Mais comble de malchance, alors que vous y mettez les pieds, la porte se referme d'elle-même. VOUS ÊTES ENFERMÉS ! Il vous est impossible de ressortir sans la clé... Vous êtes... BLOQUÉS ! Rends-toi au numéro 77.

24

Rendu près de la petite bibliothèque, Jean-Christophe tire soigneusement un à un les livres de la rangée pour mieux voir les titres : *Les Secrets du français, La Grammaire facile, Comment faire cuire un élève...*

« COMMENT FAIRE CUIRE UN ÉLÈVE ! »
répétez-vous tous en choeur...

— NON ! fait-il. *Comment montrer à faire
cuire un gâteau à des élèves.* Excusez-moi, j'avais
mal lu, euuuh ! à cause de la poussière. »

*OUF ! Il n'y a plus rien qui puisse vous aider dans la
bibliothèque. Retournez au numéro 105 pour continuer
la fouille des lieux.*

25

« ASSOYEZ-VOUS ! CE MATIN, NOUS
ALLONS COMMENCER PAR UN PETIT
CONTRÔLE », vous crie le professeur de sa voix
tonitruante en prenant place derrière son bureau.

OUF ! Tu peux respirer, il semble ne pas
t'avoir vu. Tu oses à peine penser à ce qui aurait
pu t'arriver si... Mais ce n'est que partie remise !
En effet, car lorsque votre professeur vous passe
un test, une seule mauvaise réponse vous conduit
tout droit à la retenue après l'école.

« Sortez papier et crayon, voici la première
question : Le grand navigateur anglais James
Cook est décédé en 1779, dévoré par des
indigènes au cours d'un de ses trois voyages.
Durant lequel de ses voyages est-il mort ? »

Prends bien le temps de réfléchir, car si tu te trompes, GARE À TOI !

Si tu crois que c'est au cours de son premier voyage, rends-toi au numéro 34.

Si tu optes pour le deuxième, va au numéro 40.

Si tu penses que c'est pendant le troisième voyage, va au numéro 50.

26

Choisis un livre et rends-toi au numéro inscrit sur celui-ci...

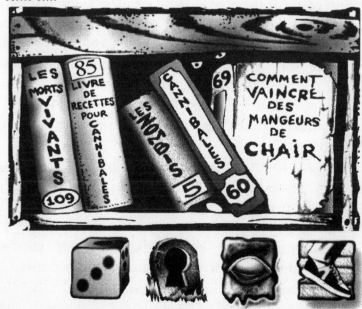

27

Comme c'est curieux : le tonnerre gronde à l'instant même où vous mettez les pieds dehors. Vous passez au travers du cimetière Fairelemort ; l'air est tellement vicié que vous êtes forcés de vous pincer le nez. « Je déteste la pluie », te dis-tu en contournant les vieilles pierres tombales fissurées. Soudain, tu t'arrêtes net, consterné par ce que tu vois d'écrit sur l'une d'elles. « Je ne comprends pas, leur dis-tu en essayant de réfléchir, REGARDEZ ! Si on se fie à ce qui est gravé sur cette pierre tombale, nous nous trouvons près de la sépulture... DE NOTRE PROFESSEUR !

— QU'EST-CE QUE ÇA VEUT DIRE ? Comment cela peut-il être possible ? Il y a un immense trou juste en avant de sa pierre tombale, te fait remarquer Marjorie, comme si... Comme s'il était sorti de son cercueil. Mais cela voudrait dire que votre prof est un zombi, un mort-vivant ! Il serait mort et ensuite il serait revenu à la vie... Ça expliquerait toutes les horreurs commises à Saint-Macabre.

— LES INSECTES ! crie Jean-Christophe à la vue de la nuée de bestioles affamées qui se rapproche. Je les avais presque oubliées celles-là... REMUONS-NOUS ! »

Après une courte course dans la boue et dans l'herbe haute, vous arrivez à la clôture du cimetière, complètement au fond du terrain. MALHEUR ! une grande porte de fer rouillée infranchissable se dresse devant vous et elle est munie d'un cadenas à numéros. « Nous sommes perdus, lance Marjorie toute dépitée.

— Peut-être pas, lui réponds-tu, regardez bien ce cadenas à numéros. Vous remarquerez qu'il y a trois chiffres qui sont plus effacés que les autres. Il y a le 4, le 7 et le 9. Il suffit de trouver l'ordre dans lequel ils vont pour l'ouvrir. »

Pour fuir, vous devez trouver la bonne combinaison : allez au numéro 53.

28

Une autre case s'ouvre **CLANG !** mais cela est malheureusement suivi d'un cri : « AAAAHHH ! » « Sapristi ! Il a réussi à trouver Jean-Christophe », marmonnes-tu. Au même moment, comme si vous aviez communiqué par télépathie, Marjorie et toi bondissez hors de vos cachettes. Le directeur tourne sa tête répugnante vers vous ; Jean-Christophe, profitant de cette diversion, court vous rejoindre. Mais le mort-vivant n'a pas dit son dernier mot ! Furieux, il se rue vers vous en vociférant d'horribles menaces. S'il réussit à vous attraper, il vous fera des trucs si effrayants que personne n'a encore trouvé de nom pour les qualifier tellement c'est cruel. Va-t-il réussir à vous attraper ?

Pour le savoir, TOURNE VITE LES PAGES DU DESTIN.

S'il réussit à vous attraper, esquisse un signe de croix et allez au numéro 103.

Si, par contre, vous réussissez à lui échapper, fuyez sans tarder au numéro 32.

29

L'extrémité du long cylindre débouche sur une partie du champ qui conduit à la cour d'école. « Vite, sortons par l'autre bout », murmures-tu aux autres en t'y dirigeant, accroupi.

L'écho du cri de fureur du directeur qui rage résonne si fort sur les parois internes du cylindre qu'il te fait frémir. Trempés jusqu'aux os, vous arrivez enfin tous les trois à l'école, mais malheureusement en retard de quelques minutes.

« Entrons par l'arrière, par la remise de monsieur Citron », leur dis-tu. monsieur Citron est le concierge. Les élèves le surnomment ainsi à cause de l'odeur citronnée de son savon à plancher. Ce n'est pas compliqué, lorsque ça sent le citron, il n'est jamais bien loin.

« La porte est fermée, vous dit Jean-Christophe, déçu. Il faut trouver une autre façon d'entrer.

— Pas question, on pourrait se faire remarquer, répliques-tu. Je sais que ce n'est pas bien, mais je vais ouvrir cette porte avec mon couteau suisse. Lorsqu'il s'agit d'une question de vie ou de mort, on peut enfreindre certaines règles. **CLIC !** Et voilà ! »

Pénétrez maintenant dans les entrailles de l'école Saint-Macabre au numéro 48.

Près de la porte, Audrey et Jean-Christophe attendent nerveusement ton arrivée. Audrey, très excitée, surveille le corridor d'un côté puis de l'autre tel le balancier d'une horloge qui te rappelle que le temps presse. « Elle est fermée à clé, t'informe Jean-Christophe, c'est pas de chance !

— BOF ! fais-tu en ouvrant ton sac, ne vous en faites pas, j'ai mes outils. Voyez-vous, poursuis-tu en essayant de déverrouiller la porte, ce n'est pas bien de fouiller dans les affaires des gens, sauf lorsqu'il s'agit d'un monstre affamé. **CHLICK !** fait la serrure de la porte. Et voilà, le tour est joué ! Entrons...

— Ça sent bizarre ici, remarque Audrey en refermant la porte, je vous avertis, je ne touche à rien, moi. J'ai bien trop peur de trouver un bras ou un pied humain... ou pire encore, mon dernier bulletin. BEURK !

— Voilà l'ordinateur du directeur », dit Jean-Christophe en s'empressant de le mettre en marche. En cliquant sur l'icône " fichier des employés de l'école ", il tombe sur le fichier " dossier médical ".

Après une lecture rapide de tous les dossiers, vous n'avez rien trouvé d'anormal, sauf en ce qui concerne LA DATE DE LEUR DÉCÈS... « Il doit sûrement y avoir une erreur, chuchotes-tu, intrigué par ce que tu viens de découvrir. D'après l'ordinateur, ils seraient tous MORTS.

Il n'y a qu'une explication à tout cela, tous les professeurs seraient... DES ZOMBIS ? Comme notre prof et Izod le chauffeur du bus de l'école. La situation devient très sérieuse. » Au même instant, un bruit se fait entendre de l'autre côté de la porte. Le souffle coupé, vous figez sur place. La porte s'ouvre. **CRRRIIIICK...**

Non, ton coeur ne s'est pas arrêté, au contraire, il bat TRÈS, TRÈS fort : **POUF POUF POUF**.

Le visage crispé par une grimace de frayeur, tu te rends au numéro 71.

DING ! DONG ! « Ouais, ouais, j'arrive, un peu de patience. Y'a pas l'feu ! » dis-tu en ouvrant la porte à Jean-Christophe et Marjorie.

Eux, ce sont les autres membres de la bande des Téméraires de l'horreur. Jean-Christophe, c'est le plus costaud du groupe. Il n'y a pas grand-chose qui lui fait peur, lui, sauf peut-être son bulletin scolaire. Et l'autre, c'est Marjorie, sa soeur, une petite futée celle-là. Tu te rappelleras toujours la fois où elle s'était instituée chanteuse et avait réussi à faire fuir tout un gang de vampires en entonnant un des chants religieux qu'elle avait appris à la chorale de l'école. Espérons qu'ils seront à la hauteur de leur réputation aujourd'hui. Oh oui, avec ces deux-là, tu pourras faire la lumière sur cette lugubre affaire.

« Mais qu'est-ce que tu fais ? Vite ! nous allons être en retard, te dit Jean-Christophe en lançant son ballon de basket sur la moquette du salon.

— Pas dans le salon ! Va dehors avec ton ballon, et attendez-moi, je reviens tout de suite », lui réponds-tu.

En vitesse, tu retournes à ta chambre pour remplir ton sac à dos de trucs qui pourraient s'avérer utiles à votre petite enquête : une lampe de poche, quelques outils et ton couteau suisse. « Voilà ! je suis prêt ! »

Vous courez à toute vitesse jusqu'à l'arrêt d'autobus, mais trop tard ; comme vous arrivez, le bus vous passe juste sous le nez et disparaît en tournant le coin de la rue. Tu fermes les yeux et tu te laisses délibérément tomber sur un banc public. « Ça commence mal la journée », leur dis-tu, tout essoufflé.

Heureusement que pour te rendre à l'école, il n'y a pas que l'autobus. Tu peux passer :

par le champ adjacent à l'école, au numéro 72 ;
par l'ancien chantier de construction, au numéro 83 ;
par la vieille église abandonnée, au numéro 35.

CE N'EST PAS LE TEMPS DE MOISIR ICI !
ALORS FAIS TON CHOIX, VITE...

72

Furieusement, son abominable main s'élance sur toi et te passe à deux centimètres du nez pour finalement attraper seulement ta casquette. Son odeur putride envahit tes narines. « Je ne sais pas ce qu'une main peut faire avec une casquette, mais... TU PEUX LA GARDER ! » lui cries-tu.

Désormais, la voie est libre, mais je ne crois pas que la partie soit terminée pour autant, loin de là !

C'est justement de cela qu'il s'agit maintenant... d'une partie de dés, car le directeur vous poursuit toujours, le regard furieux et la bouche ouverte, laissant entrevoir ses dents acérées « OOOUUU ! » Juste à y penser, tu en as la chair de poule ! Des frissons ! Et une peur bleue...

Maintenant, tu dois tourner les PAGES DU DESTIN deux fois. La première fois, pour le directeur et la deuxième, pour toi.

Si ton coup de dé est supérieur à celui du directeur, sauve-toi au numéro 62.

Mais si, par malheur, il est inférieur, cela veut dire qu'il t'a attrapé. Il ne te reste plus qu'à faire ta prière et à te rendre au numéro 103.

Quand tu arrives à l'école, les premières nouvelles ont l'effet d'un coup de poignard : UN AUTRE ÉLÈVE A ÉTÉ ENLEVÉ CE MATIN ET CE, DEVANT LES YEUX AHURIS DE PLUSIEURS PERSONNES.

— C'était effrayant, raconte l'un d'eux. Nous étions sur le terrain de basket-ball, en train de faire quelques paniers, lorsqu'un de nos professeurs a emporté avec lui la petite Audrey à l'intérieur de l'école. Elle n'avait rien fait de mal. Il était si blanc qu'on aurait dit un mort-vivant. Si vous lui aviez vu les yeux, ils étaient rouges comme du sang, et ses dents étaient très pointues et toutes couvertes d'écume. Nous étions incapables de bouger tellement nous étions effrayés.

— Peau blanche, dents pointues et yeux rouges comme du sang. Vous voulez mon avis ? demande Jean-Christophe d'un air sérieux. Je crois que ce professeur est un cannibale, un mangeur de cerveaux humains. Je me rappelle avoir déjà lu quelque chose à ce sujet dans *L'Encyclopédie noire de l'épouvante*. Ce cannibale s'en est pris à Audrey parce qu'elle est une première de classe au cerveau très juteux. Mais qui c'était, au fait, ce monstre ? leur demande-t-il.

— Il s'agit de Monsieur Cornelius Arnivore... Comprenez-vous ? MONSIEUR C. ARNIVORE ! » répètent-ils tous ensemble.

CARNIVORE ! Oui, tout est clair pour vous maintenant, il vous faut agir très vite. Si tu veux en connaître plus sur les cannibales, il y a la bibliothèque où se trouvent peut-être des livres qui traitent du sujet. Va au numéro 93.

Il y a aussi le corridor principal où, selon Marie-Pier, une copine de classe, le prof se serait volatilisé en emportant avec lui Audrey. Comment cela se peut-il ? Peut-être y a-t-il un passage secret ? Si tu veux vérifier, rends-toi au numéro 9.

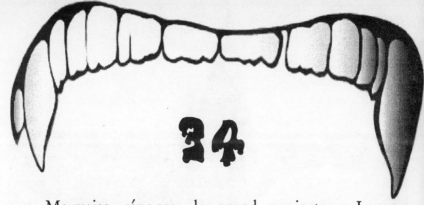

34

Mauvaise réponse, le grand navigateur James Cook et toi avez au moins un point en commun. Votre histoire se termine de la même façon... PAR UN GRAND FESTIN ! Pour toi c'est la...

FIN

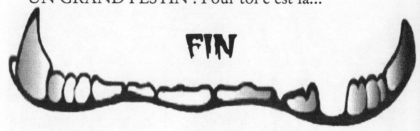

35

Plus loin, la silhouette délabrée de la vieille église se découpe sur le rude paysage. Ce sentier est peut-être hasardeux, mais au moins, il vous servira de raccourci et vous évitera ainsi d'arriver en retard...

du moins, c'est ce que tu espères !

À première vue, tout semble très fragile par ici. Plusieurs arbres dénudés de leurs feuilles penchent dangereusement vers le sol et menacent de tomber à tout instant. Pour rajouter à cela, le martèlement de la pluie sur le toit de l'église donne à ce lieu abandonné une ambiance FUNÈBRE. Il faut être prudent ! « Nous devons passer par l'intérieur de l'église même, souligne Jean-Christophe, c'est la seule voie possible. »

Vous vous dirigez vers la grande porte d'entrée. Vous constatez qu'elle est en état de décomposition avancée. Comme tu viens pour tourner la poignée, tout le portail s'écroule d'un seul coup. La poussière se dissipe, vous voyez maintenant l'intérieur de l'église...

Il y a tellement de trous au plafond qu'il pleut à l'intérieur, remarques-tu en reniflant l'odeur infecte de moisissure qui y règne. À part l'orgue au fond de la grande nef, juste au-dessus du portail principal, l'église est vide. Vous avancez tranquillement vers le centre en regardant autour de vous lorsque tout à coup, l'orgue se met à souffler... UN AIR MORTUAIRE ! D'un seul bond, tu fais volte-face pendant que Jean-Christophe et Marjorie se cachent derrière une colonne. Tu dois réagir... et vite !

Tu as le choix : décamper par un des vitraux brisés en passant par le numéro 4.

Ou tu peux jouer au téméraire en allant voir qui (ou peut-être quoi) a joué ces quelques notes. Grimpe alors au numéro 16.

Vous atterrissez tous les trois dans un immense chariot à demi rempli de vêtements sales. L'air suffoquant d'humidité vous incommode. Le sous-sol est immense et sans cloison. À certains endroits, il fait tellement noir qu'on arrive à peine à distinguer quoi que ce soit. Quelques rats longent un des tuyaux suintants suspendus au plafond et disparaissent par une fissure du mur. Dans un coin, la silhouette massive d'un énorme objet se dessine à travers un rideau de toiles d'araignées.

« UNE MARMITE EN ÉBULLITION ! s'exclame Jean-Christophe debout sur la pointe des pieds pour voir ce qu'elle contient. Elle ne contient que de l'eau, constate-t-il, et quelques carottes. Si on voulait, on pourrait faire de la soupe pour tout le quartier là-dedans, lance Marjorie. Elle est si grosse que nous pourrions tous les trois nous baigner dedans.

— À quoi peut bien servir une marmite de cette taille ? vous demandez-vous. Et surtout, pourquoi est-elle cachée au fond du sous-sol, dans le coin le plus sombre et tout près d'une pile d'ossements ? »

Vous ne le savez pas ? Et vous ne savez pas non plus que le prof mort-vivant se tient... juste derrière vous... VOUS ÊTES PRIS !

FIN

« Mais qu'est-ce que tu nous chantes-là ? Il y aurait un professeur cannibale à Saint-Macabre...

— Oui, vous devez me croire...

— Un directeur zombi, un prof cannibale et le concierge, selon ce que tu nous racontes, seraient mêlés à tout cela. Non mais, y a-t-il quelqu'un de normal ici dans cette école, par exemple un être humain qui, comme nous, se nourrit de hamburgers et de frites ? Je vous le dis, ce n'est pas une école ici, c'est un restaurant pour monstres de toutes sortes. Je pense que nous ne ferons pas long feu, leur dis-tu sur un ton résigné.

— TAISEZ-VOUS UNE SECONDE ! Je sens quelque chose... Sentez-vous quelque chose, vous autres? demande Jean-Christophe, soucieux, le nez retroussé en l'air. Ça sent... Ça sent... LE CITRON !

— C'est lui ! C'est le concierge, soupires-tu, terrifié ; attention ! il revient...

— Qu'allons-nous faire ?

— Ce n'est pas bien compliqué, leur dis-tu, nous n'avons qu'à nous cacher dans le tas de détritus dans le coin là-bas. Ou... attendez ! Peut-être qu'on pourrait essayer de lui faire croire que nous nous sommes égarés. Peut-être qu'il nous laissera partir ?

Si tu veux essayer de te sortir de cette impasse en tentant de lui faire croire que vous vous êtes perdus, rends-toi au numéro 104.

Mais si, par contre, vous ne voulez courir aucun risque, allez vous cacher parmi les détritus qui se trouvent au numéro 54.

28

En regardant par le grillage du plafond, tu t'aperçois que le conduit de ventilation débouche sur une grande pièce plutôt sombre. « Hep là, chuchote Marjorie, dis-nous ce qu'il y a en bas ?

— On ne peut pas voir, lui réponds-tu, il fait trop noir. Attends, je vais sortir ma lampe de poche. » **CLICK !** Le faisceau de la lampe éclaire maintenant la tête d'un palmier tout juste en bas du grillage. « Nous sommes juste au-dessus de la serre de l'école. En nous servant du palmier, nous pourrons descendre jusqu'à terre. »

D'un coup de pied, tu ouvres le grillage et, l'un après l'autre, vous dévalez le palmier jusqu'au sol. « Je n'ai jamais été très forte en sciences de la nature, mentionne Audrey, alors ne vous fiez pas à moi pour trouver la sortie dans cette jungle ». Audrey a raison :

c'est une jungle, car la courte marche en quête de la sortie se transforme vite en heures d'exploration inutiles. Il vous faut accepter cette triste réalité : cette serre ressemble plutôt à une forêt pleine... d'allées labyrinthiques ! VOUS ÊTES PERDUS !

Perdus ! Oui, et ce n'est pas la première fois qu'un étudiant se perd et disparaît dans l'immense serre de Saint-Macabre, dévoré par les fameuses plantes carnivores d'Alcantaria ou empoisonné par les épines d'un cactus vénéneux provenant des grottes du mont Cruel. Et si c'était ce cannibale qui vous trouvait parmi ces plantes ? Serait-il possible qu'il soit soudainement pris d'une envie de déguster... UNE SALADE DU CHEF, DE CLASSE ?

FAIM

39

Tes amis te disent souvent : « Tu marches tellement vite qu'on dirait qu'il y a le feu ». En ce moment, c'est tout à fait justifié, car tu brûles d'envie d'en finir avec cette histoire une bonne fois pour toutes.

Audrey est toujours derrière toi, suivie de Jean-Christophe. Elle arrive à peine à suivre ton rythme.

Arrivé à l'entrée de la classe, tu jettes un bref coup d'oeil à travers la vitre givrée de la porte. « Il n'y a personne, dis-tu à Audrey pour la rassurer, elle qui reste muette comme une carpe. Surveille bien le corridor, et si quelqu'un arrive, fais-moi signe.

— Quel signe veux-tu que je te fasse ? demande-t-elle.

— Je ne sais pas, moi, tiens, si quelqu'un vient dans le couloir tu diras : " J'ai tellement faim que je mangerais ma main ! "

— C'est pas croyable à quel point tu peux être dégueu quand tu veux, chuchote-t-elle, cesse tes pitreries, allez ! dépêche-toi. »

Tu entres aussitôt dans la classe pour en ressortir quelques secondes plus tard, brandissant le livre comme un trophée. C'EST GAGNÉ !

Rendez-vous au bureau du directeur, au numéro 51.

À la maison, tu avais tout ton temps pour étudier. Est-ce que tu l'as fait ? Sûrement pas, car cette mauvaise réponse en fournit la preuve. Pour toi et tes copains, c'est la...

FIN

41

« Il nous a vus ! SAUVE QUI PEEUUUT !!! » À la file indienne, vous sortez rapidement de l'énorme cylindre de béton en filant directement vers l'école avec le directeur toujours à vos trousses. « À part le brocoli, il n'y a rien que je déteste plus que d'être poursuivi par un directeur devenu zombi et par sa main dégueulasse, pleine d'asticots, lance Marjorie en prenant ses jambes à son cou.

— Tu dis cela comme si ça t'arrivait tous les jours, réplique Jean-Christophe. Est-ce bien loin encore ? Je suis à bout de souffle, moi. »

Au détour du grand chêne, l'école Saint-Macabre apparaît enfin, entourée d'immenses nuages noirs chargés de pluie. L'orage éclate lorsque vous mettez le pied dans l'école. JUSTE À TEMPS !

« DANS LES CASES ! cries-tu, cachons-nous dans les cases, vite ! LE VOILÀ !

Rapidement, tu prends place dans une des cases qui se trouvent au numéro 47.

42

« PETITE IDIOTE ! Ce n'est qu'une POINTE DE PIZZA, répond Marjorie. Ne dis plus de telles sottises, tu vas nous rendre malades. »

Au moment où il s'apprête à commencer son frugal repas, il constate du coin de l'oeil qu'Audrey n'est plus là où il l'avait attachée. Alors il dépose doucement sa pizza sur la table et, de ses si effrayants petits yeux, il se met à la chercher partout dans chaque recoin de la pièce.

« Oh ! Oh ! il va finir par nous trouver, chuchotes-tu à Jean-Christophe, aide-moi. Nous allons créer une diversion, afin de sortir d'ici. Faisons tomber cette grande étagère remplie de contenants de peinture. »

D'une simple poussée, vous faites basculer l'étagère qui s'écrase juste à ses pieds dans un fracas épouvantable : **BROOUUUMM !** C'est le moment de fuir, mais vous verra-t-il avant que vous sortiez ?

Pour le savoir, TOURNE LES PAGES DU DESTIN.

S'il vous a vus, allez au numéro 88.
Si le vacarme et les éclaboussures de peinture ont fait en sorte qu'il ne vous a pas vus, fuyez vite au numéro 91.

43

« ENTRONS PAR ICI », vous lance-t-elle en ouvrant la porte de la cage d'escalier. Vous vous précipitez aussitôt pour la suivre.

« Mon piège est assez simple : videz tout le contenu de vos sacs à dos sur les marches, débite-t-elle rapidement. Livres, crayons, stylos à bille, cahiers, gommes à effacer, tout. Lorsqu'il descendra, continue-t-elle d'expliquer, il posera sûrement le pied sur une de ces marches et là... **BOUM !** Maintenant, il faut descendre un étage plus bas », précise Marjorie en s'assoyant sur la rampe de l'escalier pour glisser afin de s'y rendre plus rapidement. Vous la suivez immédiatement en faisant de même.

« Ce plan peut avoir l'air banal à première vue, mais ça vaut la peine d'essayer. N'importe quoi pour sauver notre peau », songes-tu pendant que Marjorie et Jean-Christophe, maintenant immobiles, gardent leurs yeux rivés sur le haut de l'escalier, attendant la suite des événements.

« Là, sur le mur..., chuchote Jean-Christophe, l'interrupteur ! Il faut éteindre la lumière. De cette façon, il y a plus de chances qu'il ne voit pas ce qui l'attend. »

CLICK ! La noirceur totale...

La porte grince **SHRRRIII !** Ton coeur bat à vive allure : **POM POM POM !** Et l'estomac du cannibale émet un gargouillis atroce : **GLOUB GLUB !**

Pour savoir si le prof cannibale apercevra le piège que vous lui avez tendu, TOURNE LES PAGES DU DESTIN.

S'il ne voit rien, allez au numéro 63.

Mais si, par malheur, il a vu le traquenard qui l'attendait, rendez-vous au numéro 101.

44

« Nous n'avons pas d'autres solutions : il faut passer près de l'étang en contournant les arbres et en faisant bien attention de ne pas mettre les pieds dans cette eau infestée de sangsues, leur apprends-tu à leur grand désarroi. Allons, pressons le pas !

— DES SANGSUES ! lance Jean-Christophe, découragé d'avoir à vivre ce péril. Mais t'as pas les yeux en face des trous ? Regarde, il y a très peu de place pour passer. Et si je tombe, ces espèces de vers dégoûtants vont me grimper dessus pour me sucer le sang !

— C'est pour cela qu'on l'appelle " l'étang des petits vampires ", il est plein de sangsues. Mais ne t'en fais pas, je suis déjà passé par ici, lui dis-tu pour le rassurer ; suis-moi et tu vas voir comme c'est facile. »

Seulement cette fois-ci, c'est différent. L'abondante pluie qui tombe sur les feuilles mortes rend le sol... *très glissant*. À mi-chemin, ce que Jean-Christophe craignait depuis le début se produit. Marjorie perd pied et se met dangereusement à glisser. Pour éviter de tomber dans cette repoussante marre d'eau stagnante, elle s'agrippe à Jean-Christophe, que tu retiens par son sac à dos.

« Ne nous lâche pas», te supplient-ils tous les deux. Mais ce qui devait arriver arrive. Vous vous mettez tout à coup à patiner dans la boue d'un côté et de l'autre puis **PLOUCH !**, vous vous retrouvez tous les trois sur le derrière dans l'étang. « LES SANGSUES ! Il y en a des dizaines et des dizaines, leur cries-tu, sortons vite d'ici ! »

Vont-elles vous attraper ? Pour le savoir, TOURNE LES PAGES DU DESTIN.

Si vous réussissez à vous enfuir, partez et rendez-vous au numéro 107.
Mais si, par malheur, elles vous attrapent, allez au numéro 70.

45

Ton petit déjeuner terminé, tu retournes à ta chambre pour t'habiller, prendre ta lampe de poche et ton petit coffre à outils. Après avoir tout bien caché au fond, sous tes livres et tes cahiers, tu tires sur la fermeture éclair de ton sac à dos.

Tu te diriges d'un pas rapide vers l'arrêt du bus de l'école, et Audrey s'y trouve déjà. Audrey est la plus jeune de la bande des TÉMÉRAIRES DE L'HORREUR, celle que tu te plais à surnommer Miss Catastrophe, à cause de sa fâcheuse habitude d'exagérer les situations. Cette fois-ci, elle n'a nul besoin d'amplifier quoi que se soit, les faits parlent d'eux-mêmes. Plus d'une fois, lors de vos aventures précédentes, elle vous a évité de tomber entre les mains de monstres ou d'autres bêtes malfaisantes. Comme si elle était douée d'un sixième sens, oui! comme si elle pouvait, lorsque la situation semble critique, PRÉDIRE L'AVENIR !

Au moment où tu arrives à sa hauteur, l'autobus s'arrête devant vous et fait basculer ses portes. « Audrey, entre vite, je dois tous vous parler, lui lances-tu en y mettant le pied.

— As-tu vu le journal de ce matin ? te demande-t-elle, l'air effrayé.

— Oui, et c'est justement pour cela que je veux tous vous voir. J'ai ma petite théorie là-dessus, et tu verras, elle n'a rien de très rassurant ; je vais t'expliquer. »

Où vous asseoir maintenant ? En avant de l'autobus, près du chauffeur ? Rends-toi au numéro 17.

À l'arrière, loin des oreilles indiscrètes ? Dans ce cas, va au numéro 21.

46

Ton élan de curiosité freiné par la peur, tu sens un de ces odieux insectes se promener sur ton bras puis se perdre dans la manche de ton chandail. BEURK ! Tenaillé par le dégoût, tu gesticules vigoureusement jusqu'à ce qu'il en ressorte.

« PAR ICI ! te crie Marjorie, il y a une autre sortie près de l'autel. »

Poursuivis par cette horde de parasites avides de sang, vous quittez l'église en courant jusqu'au numéro 27.

47

Dans cette cachette exiguë, l'attente semble interminable. Coincé par le manque d'espace, tu arrives à peine à respirer. Soudain, tu entends la porte se refermer. Ça ne peut être que lui, te dis-tu. Tout à coup, une case s'ouvre, puis une autre... Il sait pertinemment que vous êtes cachés ici. Il ouvrira toutes les cases jusqu'à ce qu'il vous trouve.

Rends-toi au numéro 28.

48

Monsieur Citron, notre concierge, fait un assez bon travail à l'école, mais sa remise... Quel fouillis ! C'est loin de sentir le citron ici, remarques-tu. Ça sent plutôt la pourriture.

TCHIC !

« Vous avez entendu ? demande Marjorie, je crois que quelqu'un s'en vient par ici. Le directeur, ce monstre répugnant, peut-être ?

TCHI-TCHIC !

— N-N-NON, ça... ça vient d'ici, bégaie Jean-Christophe, le coeur haletant. Ça vient du coin là-bas, murmure-t-il, entre les vadrouilles, là ! Il y a quelqu'un, je vous le dis. Partons pendant qu'il est encore temps !

— Je n'ai pas peur des revenants, moi ! lance Marjorie, intriguée malgré tout par le bruit. »

Juste avant de sortir, tu t'étires le cou, question de voir de qui il s'agit. « OH NON ! souffles-tu d'une voix étouffée. Ce n'est pas un fantôme, c'est Audrey, une copine de classe. Elle a été attachée au calorifère. »

Eh oui, la petite Audrey est ligotée et bâillonnée. Elle peut à peine respirer. Sans perdre une seconde, Jean-Christophe court la retrouver et lui enlève le morceau de tissu qui lui recouvre la bouche. « C'EST MONSIEUR CITRON ! s'écrie-t-elle, affolée. Il m'a lié les mains et les pieds. Regardez tous ces produits ! Ce ne sont pas des produits de nettoyage, ce sont des épices et des sauces. Il voulait me servir pour le dîner au PROF CANNIBALE. »

Rends-toi au numéro 37.

49

« Je suis vraiment désolée, insiste Marjorie en courant à toutes jambes dans l'allée centrale pour se rendre à la sortie.

— Je savais que la peur donnait des ailes, mais je ne pensais pas que c'était des ailes d'avion ! t'exclames-tu en la regardant décamper à toute vitesse. »

Dans le corridor, Jean-Christophe pointe du doigt une sortie d'urgence qui donne à l'extérieur, sur la rue Belle-Mort. « Par là ! dépêchez-vous ! Il s'en vient et il n'a pas l'air content.

— Elle est verrouillée ! C'EST UN CUL-DE-SAC ! hurle Marjorie en tentant en vain de l'ouvrir. C'est inutile, elle ne s'ouvre pas. Sur le mur ! s'exclame-t-elle tout à coup, le tiroir à bascule de la chute à linge sale. Déguerpissons par là ! »

C'est bien beau, mais vous ne savez pas si ce tiroir est verrouillé. Pour le savoir, TOURNE LES PAGES DU DESTIN.

S'il s'ouvre, glisse jusqu'au numéro 96.
Mais si, à votre grand malheur, il est verrouillé, découvre la suite de ton aventure au numéro 106.

50

De quel terrible destin cette BONNE RÉPONSE t'a-t-elle sauvé ? Vaut mieux ne pas chercher à savoir! Retrouve-toi, toujours en entier, pour l'instant du moins, au numéro 58.

51

TOC ! TOC ! TOC ! TOC ! « Excusez-nous, mais pourrions-nous parler au directeur ? C'est pour une affaire de la plus haute importance, insistes-tu auprès de Johanne, la secrétaire qui, remarquant ton regard si sérieux, semble convaincue de la gravité de ta demande.

— Mais entrez, entrez donc, je vous en prie, vous répond-elle sans attendre.

— De quoi s'agit-il ? Je n'ai pas que ça à faire, voyez-vous ! lance le directeur d'un ton sévère.

— Monsieur, nous connaissons le responsable des disparitions, lui révèles-tu, convaincu de ce que tu avances. Vous ne me croirez peut-être pas, mais il s'agit de notre professeur. En plus, nous croyons qu'il est un cannibale. IL SE NOURRIT D'ÉLÈVES ! Je vous le dis, insistes-tu, regardez ce livre, il est couvert de sang. Je l'ai pris sur son pupitre. CE PROFESSEUR EST UN CANNIBALE. Il faut appeler la police ! ajoutes-tu sur un ton paniqué.

— J'ai toujours eu certains doutes sur lui, te répond-il, mais je n'avais encore aucune preuve. Mais maintenant, avec ce livre, nous le coincerons. À cette heure-ci, tous les instituteurs sont dans la salle des profs. Allons les rejoindre de ce pas. Ce sera bientôt terminé, toutes ces monstruosités à l'école Saint-Macabre », conclut-il en fronçant sévèrement ses gros sourcils touffus.

Retrouve-toi au numéro 81.

52

« Cet endroit est un vrai taudis et en plus, ça sent bizarre, remarques-tu en cherchant désespérément un coin où vous pourriez vous cacher.

— Nous avons passé l'âge de jouer à cache-cache, te fait remarquer Jean-Christophe. Il y a tellement de poussière et de toiles d'araignées que je crois que je... je... je vais éternuer : « ATCHOOOUM ! »

Vous devez attendre pendant plusieurs minutes et même plusieurs heures avant que quelque chose ne se passe. Audrey, fatiguée, jette un coup d'oeil à sa montre qui brille faiblement dans le noir. Il est 20 h 45. L'atmosphère s'alourdit et devient presque palpable, la nuit s'en vient...

Planqué entre les meubles délabrés de la pièce, tu entends soudain un bruit provenant du couloir, un bruit de pas qui s'arrête juste devant la porte du bureau où vous vous trouvez. À travers la vitre sale apparaît brusquement une silhouette familière. Le professeur cannibale... AVEC UNE FOURCHETTE À LA MAIN !

Vous vouliez connaître la peur, eh bien, vous êtes... SERVIS ! Tu te retrouves au numéro 76.

53

Tout tremblotant, tu prends le cadenas dans ta main, prêt à tourner le cadran jusqu'au premier chiffre. Si tu penses que la bonne combinaison est :

le 4, 7 et 9, rends-toi au numéro 56 ;

le 7, 9 et 4, va au numéro 64 ;

le 9, 4 et 7, rends-toi au numéro 89.

54

« Oublie ton histoire, il ne nous croira jamais. Allons plutôt nous cacher, te chuchote Jean-Christophe tandis qu'il DISPARAÎT sous les tablettes contenant de la peinture. Viens vite, le voilà... Au même instant, le concierge entre dans la pièce et se met à ranger son matériel.

— Il m'a toujours fait un peu peur, monsieur Citron, murmure Audrey. Je le trouve si étrange. Son visage est si ratatiné, tout rabougri, on dirait un adulte qui refuse de grandir. Il ne parle jamais, il me flanque la trouille lorsqu'il me regarde de ses yeux si petits et noirs comme des billes.

— Mais pourquoi ne s'en va-t-il pas ? » demande Marjorie en épiant ses moindres gestes.

Après avoir replacé son équipement, il se dirige vers un petit réfrigérateur tout poussiéreux pour y prendre...

— UNE TRANCHE DE CERVEAU HUMAIN GRATINÉ ! lance Audrey, tout à coup prise d'une soudaine envie de vomir.

Rendez-vous au numéro 42.

55

La classe est vide, personne n'est encore arrivé.

« Regardez sur le bureau ! indique Audrey, le porte-documents, c'est celui du prof. Voilà notre chance de vérifier s'il est vraiment mêlé à toute cette histoire de fou.

— Ce ne sera pas nécessaire, lui signales-tu, en t'approchant du pupitre. Regardez, ce curieux livre, et ces taches de sang...

— OUACH ! DU SANG ! s'exclame Audrey toute dégoûtée...

— C'est le fameux livre que le prof traîne habituellement partout avec lui, sans le montrer à qui que ce soit, souligne Jean-Christophe. Quel est le titre ?

— LE CANNIBALISME. Qu'est-ce que ça veut dire CAN-NI-BA-LIS-ME ? demande Marjorie.

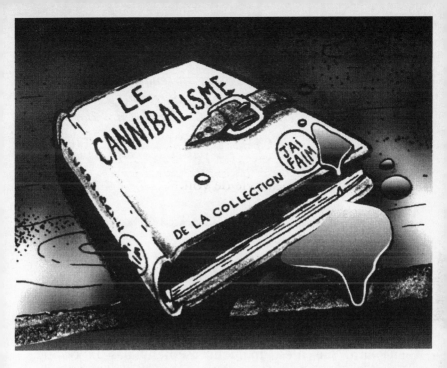

— Ça signifie que notre prof est un répugnant cannibale, les taches de sang le confirment, lui répond son frère Jean-Christophe. Inutile de créer un vent de panique. À la fin du cours, nous irons voir le directeur avec tout ce que nous savons. »

À l'instant même où tu déposes le bouquin sur le bureau, votre professeur entre, et comme d'habitude, il est d'humeur massacrante. Il jette un coup d'oeil vers les autres élèves, puis son regard froid et intimidant s'arrête brusquement sur toi. S'est-il aperçu que tu tenais son livre ?

Pour le savoir, tourne LES PAGES DU DESTIN.

Si ton professeur a VU que tu tenais SON livre, le malheur s'abattra sur TOI, car maintenant, il sait que tu connais son terrible secret. Rends-toi alors au numéro 110.

Mais si, par chance, il n'a pas eu le temps de te voir, va en douce t'asseoir à ton pupitre au numéro 25 et remercie ta bonne étoile.

56

... 4, 7 et 9. Tu tires alors de toutes tes forces, mais en vain. Ce n'est malheureusement pas la bonne combinaison. Les insectes se rapprochent de plus en plus, mais tu as encore le temps d'essayer une autre combinaison. Tu n'as plus rien à perdre de toute façon, mais tout à gagner !

Vite, retourne au numéro 53 et tente ta chance à nouveau.

57

Dans le corridor, il ne reste plus que quelques élèves. Parmi eux, la petite Audrey. Elle referme sa case avant de se diriger vers sa classe. Mais tandis qu'elle marche seule dans le couloir, « le professeur mort-vivant » jaillit de la classe d'informatique, la saisit, et l'emporte en lui mettant la main sur la bouche pour l'empêcher de crier.

« NON ! Où l'emmène-t-il donc, ce cannibale ? demande Marjorie, à la fois effrayée et confuse. Est-ce qu'il sait que c'est interdit de manger les gens ?

— Cesse de dire des conneries, insistes-tu pendant que le zombi disparaît par l'escalier de secours qui conduit à la cave. Nous allons le suivre jusqu'au sous-sol et toi, Marjorie, tu iras chercher le directeur. Dis-lui que nous tenons le maniaque de l'école Saint-Macabre.... VAS-Y VITE !

Allez au numéro 80 pour la suite...

58

C'est affreusement pénible d'avoir à attendre jusqu'à la récréation, surtout quand tu brûles de passer à l'action.

« Encore cinq minutes, te dis-tu en regardant ta montre. Je jure d'aller au fond de cette histoire, car plus j'observe mon prof et plus je trouve qu'il a l'air d'un cannibale, ou quelque chose de pire dans le même genre. »

Tandis que tu es perdu dans tes pensées...

« PSSSST ! » fait Jean-Christophe, tout bas. Tu tournes la tête vers lui, tout en gardant un oeil sur ton professeur.

« Qu'est-ce qu'il y a ? demandes-tu, agacé.

— Es-tu sûr de vouloir rencontrer le directeur ? te questionne-t-il. Et si nous nous trompions ? Tu sais que c'est grave si nous rapportons des faussetés.

— Tu veux une autre preuve ? lui demandes-tu, et sans même lui laisser le temps de répondre, tu ajoutes qu'il ne vient jamais manger à la cafétéria. Pourquoi ? parce qu'il apporte sa propre bouffe. Je ne sais pas si t'as remarqué, mais tu as vu la grosseur de sa boîte à lunch ? Elle est tellement grande qu'on dirait qu'elle a été fabriquée à partir d'un cercueil trouvé dans un salon mortuaire...

— T'as raison, poursuit-il, il y a trop d'indices qui jouent contre lui. Et si on appelait la télé ? Cette histoire est un scoop extraordinaire ! »

DRRIIIIIIINNNG ! La sonnerie de la cloche annonce enfin la récré.

Rends-toi au bureau du directeur, au numéro 78.

59

Son terrifiant visage se crispe en une grimace gourmande... IL VOUS A VUS ! Il se rue vers vous en se martelant la poitrine.

« Sauve qui peut ! hurles-tu en poussant brusquement Marjorie dans la direction opposée.

— ATTENDEZ-MOI ! vous crie Jean-Christophe en emboîtant le pas, je ne veux pas finir en croque-monsieur ! »

Après quelques minutes d'une course folle dans les dédales de l'école, tu es à bout de souffle, et ton coeur bat si vite qu'on dirait qu'il va te sortir de la poitrine. Mais tu sais que tu dois continuer pour ne pas tomber entre ses griffes. Son horrible silhouette se rapproche, il est si près que tu peux presque sentir son haleine fétide. La situation devient très sérieuse...

« J'AI... UN... PLAN ! crie soudainement Marjorie, tout essoufflée. Partons vers le numéro 43.»

Tu enlèves avec ta main la poussière qui couvre le livre. Tu feuillettes les pages une à une, puis tu t'arrêtes à un paragraphe qui se lit comme suit :

« Un cannibale se nourrit de chair humaine ; ce peut être n'importe qui : un homme, un zombi ou même un

mort-vivant. Il faut être prudent, car un cannibale n'agit jamais seul. »

Et bla bla bla. Prenons un autre livre.

Retournez au numéro 26.

« OUUUUUF ! » Tu pousses un long soupir de soulagement quand l'horrifiant cannibale tourne les talons et part en direction de l'auditorium. Il ne nous a pas vus, il s'en est fallu de peu... TRÈS PEU !

Sans le quitter des yeux, vous vous mettez à le suivre en vous cachant de temps à autre derrière les colonnes du couloir afin de ne pas vous faire voir. « On ne renoncera pas avant d'avoir retrouvé Audrey, déclare sur un ton décidé Marjorie. Regardez, il cherche quelque chose.

— TAIS-TOI ! lui dis-tu, le souffle coupé par la peur. Le professeur s'arrête et entre dans les loges de l'auditorium. Allons-y, suivons-le ! »

Lentement, tu pousses sur la porte des loges afin de t'assurer que la voie est libre. Personne en vue ; vous entrez et vous vous retrouvez dans la pièce où s'habillent les acteurs avant les spectacles. « Où est-il passé ? demande Jean-Christophe. Est-ce que tu le vois, toi ?

— Non ! t'exclames-tu, voyez vous-mêmes, il s'est volatilisé...

— Non, mais regardez-moi tous ces costumes ! s'exclame Marjorie, éblouie par leur beauté. Des déguisements de prince, de bouffon, de danseur et même... de monstre ! Non mais regardez-moi celui-là comme il est laid, regardez ! insiste-t-elle en pointant du doigt un des costumes qui se met subitement... À BOUGER !

— Sapristi, ce n'est pas un costume, C'EST LUI ! leur cries-tu, c'est ce cannibale, il était caché. Filons par cette porte entrouverte. Vite ! »

Sauvez-vous au numéro 95.

§2

« Par ici..., entrons par ici ! C'est la cuisine de la cafétéria, dit Jean-Christophe en poussant les portes battantes. Il n'y a personne, et toutes les lumières sont éteintes. Je vous conseille de ne pas allumer, car cela informerait à coup sûr le directeur de notre position. Allons plutôt au fond, vous montre-t-il, il doit certainement y avoir une porte pour la réception des marchandises. Nous pourrons sortir par là.

Tout en passant entre les tables de travail, tu remarques, entouré d'une panoplie d'instruments de boucherie bizarres, que sur l'une des cuisinières se trouve un immense... CHAUDRON EN ÉBULLITION !

« WOW ! vous avez vu la grosseur de ce récipient ? leur demandes-tu, impressionné. Il est si grand qu'on pourrait tous se baigner dedans. SORTEZ VOS MAILLOTS !

— Tu ne crois pas si bien dire, souligne Marjorie. Regardez cette feuille accrochée sur le babillard. C'est le menu d'une fête qui se déroulera samedi prochain, tard dans la nuit, dans le gymnase. C'est écrit : *Tombola annuelle des morts-vivant*. Et regarde, ton nom y est inscrit, et pas en tant qu'invité... TU FAIS PARTIE DU MENU ! Dis-moi, tu veux encore te baigner ?

— T'es folle, il faut se rendre au poste de police qui se trouve au numéro 75, et n'oublie pas d'apporter le menu, c'est une preuve irréfutable que l'école est sous l'emprise d'une horde de zombis...»

Un craquement désagréable de vieux os agace vos oreilles à chacun des pas que fait cet être immonde. La tension monte, et une peur quasi-insupportable vous noue la gorge. Si jamais il trébuche, t'imagines-tu, ça va faire un bruit du tonnerre. ATTENTION ! IL DESCEND...

Au moment où il pose le pied sur l'une des

marches de l'escalier, il marche en plein sur le tube de colle. **PROOUUCHT !** Comme Marjorie l'avait prévu, il perd aussitôt l'équilibre et se met à débouler les marches, laissant échapper des râles d'agonie à chacun des tonneaux que fait son corps, **SHLONK !** **SHLONK !** SHLONK ! **SHLONK !** Finalement, il atterrit inconscient aux pieds de l'escalier, où se trouve Jean-Christophe qui, terrorisé, recule jusqu'à ce qu'il se heurte le dos au mur : AÏE !

« Je crois qu'il a eu son compte. Il est assommé bien comme il faut », constates-tu en faisant une brève inspection près du corps inerte. « J'ai encore sauvé la situation », se vante Marjorie, la tête haute et le sourire fendu jusqu'aux oreilles, comme si elle attendait une médaille.

Rendez-vous au numéro 87.

CLIC ET **DÉCLIC !** Il s'ouvre ! « OUUUAAAIS ! criez-vous tous en chœur. Sortons d'ici au plus vite ! leur lances-tu en poussant sur la grille de toutes tes forces.

— Nous ne sommes plus très loin de l'école à

présent. Après L'ÉTANG DES PETITS VAM-PIRES, nous y serons ! leur dis-tu pour qu'ils prennent patience. »

Un peu plus loin, comme prévu, un immense étang d'eau noirâtre bloque le passage. C'est le dernier obstacle à traverser avant d'arriver à l'école Saint-Macabre, mais il est de taille !

Tu te retrouves au numéro 44.

Tu te réveilles brusquement dans un cri d'effroi : YAAAAAHHH ! Craignant le pire, tu ouvres un oeil pour regarder lentement autour de toi. Non, tu n'es pas dans un réfrigérateur, ni dans un immense chaudron en train de bouillir. Tu es tout simplement dans la salle des professeurs. Tu te lèves du sofa sur lequel tu étais couché.

« Mais où sont donc passés les autres ? Est-ce que tout cela n'était qu'un rêve ? te demandes-tu ; est-ce que toute cette épouvantable histoire n'était qu'un vilain cauchemar ?

« Je me sens tout drôle, il y quelque chose qui cloche, remarques-tu tout à coup. Ma peau est toute blanche, j'ai la peau aussi pâlotte qu'un MORT... »

Curieux, en effet ! Que se passe-t-il ? Rends-toi au numéro 3.

§§

Vous arrivez peu après dans la cour de l'école...

La cloche annonçant le début des cours sonne. **DRRRIIIINNG !** « On peut dire malgré tout que nous avons eu de la veine, leur fais-tu remarquer, nous ne sommes même pas en retard.

— Regarde à la fenêtre ! te chuchote Marjorie, c'est ton professeur, tu sais, le " mort-vivant "... Il surveille la cour de l'école et épie les moindres gestes de la petite Audrey. Ce monstre de zombi doit sans doute la trouver BELLE À CROQUER !

— Nous le tenons, dis-tu avec conviction, de la façon dont il regarde Audrey, elle va sûrement être sa prochaine victime. Nous n'avons qu'à le suivre jusqu'à ce qu'il passe à l'attaque. Et là, nous entrerons en action.

— Ça boume ! » te répond-elle pour accepter ton plan...

Entrez dans l'école en vous rendant au numéro 57, mais vous ne devez pas quitter le professeur des yeux, sinon il vous échappera...

C'est curieux, l'école semble tellement plus sinistre maintenant que tu connais les raisons de toutes ces disparitions. « Je ne peux pas croire que tous mes amis ont été dévorés par des cannibales, songes-tu. Combien y en a-t-il de ces " mangeurs de cerveaux " dans l'école ? Un, deux, toute une meute ?... C'est tout à fait invraisemblable qu'un professeur soit une espèce de monstre, te dis-tu en ouvrant ta case.

— Maintenant, peux-tu me parler de ta fameuse théorie ? te demande Audrey toute tourmentée.

— Eh bien, voici. Mais à peine as-tu commencé à lui expliquer que tu es interrompu par Jean-Christophe qui revient vers vous en courant.

— REGARDEZ ! vous crie-t-il, tout énervé, j'ai trouvé ce message du directeur collé sur ma case. C'est un billet de retenue pour manquement au code de la cour d'école. Mais je n'ai rien fait de mal, c'est un coup monté, je vous dis. Voyez vous-mêmes ! Je dois me rendre dans la pièce située près de l'auditorium à la récré. Et voilà, dit-il, je vais finir en boulettes de viande dans un spaghetti...

— Mais non, le rassures-tu en lui arrachant le billet des mains. Tu ne te rendras pas à la retenue. Mais plutôt, pendant qu'il t'attendra là-bas, nous irons dans son bureau. Nous nous servirons de l'ordinateur pour fouiller dans les fichiers du personnel. Peut-être trouverons-nous un indice qui aidera la police à élucider toute cette sombre histoire.

— GÉNIAL ! » te répondent-ils.

Vous vous dirigez alors vers votre classe, au numéro 19.

68

Le godet ne contient pas de crayons, mais en le prenant dans ta main, tu peux sentir par son poids qu'il n'est pas vide. Tu essaies de voir ce qu'il contient, mais tu n'y arrives pas, car il fait trop sombre dans la pièce. Sans réfléchir, TU Y GLISSES LES DOIGTS... pour les ressortir recouverts d'une matière froide et horriblement visqueuse.

« Mais qu'est-ce que c'est que cette dégoûtante chose? demandes-tu aux autres. Ce n'est pas un godet à crayons, c'est une tasse. Elle contient encore une vieille soupe aux nouilles. " BEURK ! " fais-tu en t'essuyant les doigts sur le rebord du pupitre.

Pendant que tu finis de te nettoyer la main, quelque chose de très très étrange se produit. En effet, la petite masse de soupe aux nouilles s'est muée avec le temps en petite créature tout dégoulinante, et elle se met soudain à bouger et... à ramper vers toi !

« AAAAAHHH ! Mais qu'est-ce que c'est que cette diablerie, ELLE M'ATTAQUE ! » cries-tu tandis qu'elle se colle à ton bras...

Tranquillement, elle rampe jusqu'à ta bouche. Tu essaies de serrer les dents, mais en vain.

FIN

§9

« On ne l'appelle pas la section " poussière " pour rien. Il y plane une odeur si nauséabonde qu'on dirait que ça fait un siècle que quelqu'un a fait le ménage, souligne Jean-Christophe. Ça ressemble étrangement à l'intérieur de mon pupitre.

— Tiens ! Prenons ce livre-là, dis-tu en apercevant le titre : *Comment vaincre des mangeurs de chair*. Il pourra sûrement nous aider. » Mais au moment où tu tires sur le haut de la reliure pour prendre le bouquin, toute la rangée de livres bascule et tombe par terre, poussée par une atroce main en décomposition qui s'approche de toi pour te saisir. Va-t-elle t'attraper ?

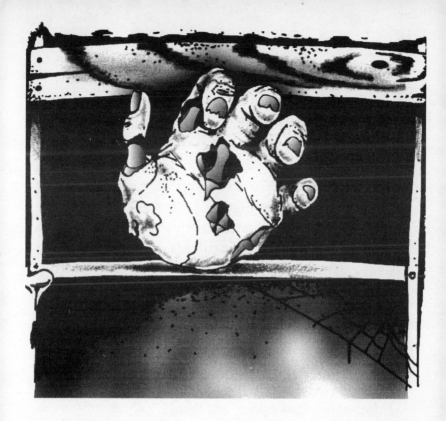

Pour le savoir, TOURNE LES PAGES DU
DESTIN.

Si elle réussit à t'attraper, rends-toi sans tarder
au numéro 102.

Si, par chance, tu réussis à fuir avant qu'elle ne
t'attrape, sauve-toi au numéro 86.

70

« J'AI LES JAMBES COUVERTES DE CES SALES BESTIOLES ! » cries-tu à tes amis qui ont autant de mal que toi à se sortir de là, avec toutes ces sangsues. Essayer de sortir de cet étang, c'est comme faire du patin à roues alignées... dans une piscine !

Après plusieurs grandes enjambées et quelques pas de danse digne des meilleurs vidéoclips, vous réussissez finalement par vous retrouver tous les trois, à l'écart, sur la rive. En agitant frénétiquement les bras, vous arrivez tant bien que mal à enlever ces bestioles répugnantes qui vous sucent le sang.

En raison des meurtrissures laissées par les sangsues sur votre peau, vous n'avez plus d'autre choix que de vous rendre rapidement à l'infirmerie de l'école, qui se trouve au numéro 98.

71

Ton coeur bat à tout rompre lorsque apparaît soudain la silhouette fantômatique... DU DIRECTEUR !

« Bravo ! vous lance-t-il de sa voix caverneuse, vous êtes très perspicaces, POUR DES VIVANTS. Vous savez maintenant que nous sommes tous des zombis. ARGH! Mais vous vous êtes donné du mal pour rien, car vous n'aurez pas l'occasion de partager le fruit de votre découverte avec vos copains de classe. GRRR! Vous irez plutôt rejoindre les autres que nous avons capturés ; justement, nous manquions de divertissement pour LA GRANDE TOMBOLA ANNUELLE DES ZOMBIS qui aura lieu samedi prochain dans la nuit. HA ! HA ! HA ! » fait-il d'un air sarcastique.

Rejoindre les autres, a-t-il dit ? Cela veut dire qu'ils sont toujours en vie, penses-tu en poussant brusquement Audrey et Jean-Christophe pétrifiés vers l'autre sortie. « ALLONS, SORTONS D'ICI... ET VITE ! » leur cries-tu en voyant le directeur se lancer frénétiquement sur vous avec sa dégueulasse bouche de zombi toute grande ouverte.

Vous vous dirigez vers la porte de secours. Tourne les pages du destin pour savoir si elle est verrouillée.

Si elle s'ouvre, courez jusqu'au numéro 15.
Si par malheur elle est verrouillée, la seule question que tu devras te poser sera : « Qu'est-ce que le directeur fera de moi ? » Pour le savoir, rends-toi au numéro 110.

Personne ne sait pourquoi, mais c'est chaque jour la même chose. Plus on se rapproche de l'école Saint-Macabre, plus le ciel s'assombrit. C'est comme si on voulait nous avertir d'un danger.

« L'orage va éclater d'un instant à l'autre, fait remarquer Jean-Christophe. Tiens, voilà Audrey. » Ce n'est pas tout le monde qui apprécie ses tendances à exagérer les choses. Elle fait des montagnes avec un simple grain de sable. En fait, il faut toujours diviser par dix ce qu'elle raconte. Mais vous lui pardonnez, car plus d'une fois, lors de vos aventures précédentes, elle vous a évité de tomber entre les griffes de monstres ou d'autres bêtes malfaisantes. Comme si elle était douée d'un sixième sens, oui ! Comme si elle pouvait, lorsque la situation semble critique et désespérée... prédire l'avenir !

« Attendez-moi ! vous crie-t-elle au beau milieu du champ. Il ne faut surtout pas aller à l'école aujourd'hui. Ils viennent tout juste de l'annoncer à la télé. C'est un professeur le coupable, c'est monsieur Cornelius Arnivore, monsieur C. Arnivore. Et tenez-vous bien : il aurait dévoré tous ceux qui ont disparus. C'est un cannibale, qu'ils ont dit. La police le recherche partout.

Il doit sûrement se cacher dans l'école, soupçonnes-tu ; ils ne réussiront jamais à le dénicher. Il n'y a que nous qui pourrions le trouver, car nous connaissons l'école comme le fond de notre poche. VOILÀ NOTRE CHANCE !

La suite de ton aventure se trouve au numéro 8.

73

OUF ! je l'ai trouvée. Nous pouvons maintenant fouiller son bureau, les rassures-tu en exhibant fièrement la clé.

— Vous avez vu le désordre qui règne ici ? signale Marjorie. REGARDEZ ! UN CRÂNE HUMAIN ! crie-t-elle en pointant du doigt son horrible découverte.

— BEUUURK ! fait Audrey en tournant la tête pour regarder ailleurs. C'est carrément dégueu, je crois que je vais être malade..., ajoute-t-elle en mettant sa main sur sa bouche.

— HI ! HI ! HI ! ce n'est qu'un vulgaire modèle en plastique! Elle a peur d'un crâne en plastique, se moque Marjorie en imitant ses gestes de dégoût.

— T'es pas drôle, tu sais, réplique Audrey en replaçant son sac à dos.

— Audrey ! Reste là et surveille la porte, lui dit

Jean-Christophe, nous on s'occupe de trouver un indice qui nous permettra peut-être de savoir où il se cache.

— Ah ! Ce n'est pas possible, cet endroit est tellement sale », grognes-tu en époussetant ton t-shirt. Au même moment, une araignée dévale rapidement le mur près de toi. « OUUUAHH ! » cries-tu. En la frappant avec ta casquette, tu l'expédies directement dans la corbeille à papier. « Et voilà, trois points pour moi, t'écries-tu, j'ai marqué trois points. Je suis imbattable au basket ! »

Poursuivez au numéro 105.

74

Sans hésiter, Marjorie tire sur le classeur, qui s'ouvre en brisant les fils d'araignées qui le recouvraient. À l'intérieur, il n'y a pas grand-chose, à part quelques examens et des cahiers sans importance. Mais au fond, elle remarque un papier, caché sous la poussière. Elle le prend et d'un souffle, en enlève toute la saleté.

C'est un certificat, constate-t-elle, attestant que monsieur C. Arnivore a suivi avec succès le cours de... BOUCHER ! Rien de bien encourageant...

Poursuis la fouille de son bureau en retournant au numéro 105.

75

Au poste, les policiers ne prennent pas votre révélation avec le sérieux qu'elle mérite. DES PROFESSEURS CANNIBALES ? UN DIRECTEUR D'ÉCOLE ZOMBI ? « Mais voyons, qu'est-ce que c'est que cette histoire de fou ? Ne croyez pas que nous allons avaler ça ! » déclare l'un d'eux.

Mais le détective responsable de l'enquête vous donne tout de même le bénéfice du doute. « Avec tout ce qui se passe à Saint-Macabre par les temps qui courent, nous ne devons prendre aucune chance. Allons à l'école faire la lumière sur toute cette histoire, décide-t-il, car si l'on devait découvrir que les jeunes ont raison... ON S'EN MORDRAIT LES DOIGTS ! »

À l'école, un joyeux tumulte semble animer tous les élèves qui courent partout. « Mais qu'est-ce que c'est que ce tohu-bohu ? demande le policier en attrapant par le bras un élève qui courait dans le corridor.

— Monsieur, la classe est interrompue indéfiniment parce que le directeur et tous les professeurs ont quitté subitement l'école, sans donner d'explications ! »

Alors, le détective se tourne vers toi, avec une lueur dans les yeux qui éclaire tout à coup son esprit. « Vous aviez tout découvert, les cannibales, les zombis... Toute cette incroyable histoire était donc vraie ! Mais nous sommes arrivés trop tard pour les arrêter... ILS ONT TOUS FUI ! »

FIN

76

Le journal du lendemain rapporte encore une fois de bien mauvaises nouvelles. En effet, l'école Saint-Macabre a fait quatre autres victimes hier, et sur les lieux du drame, la police a retrouvé... TON SAC D'ÉCOLE !

FIN

77

Il te faut absolument trouver cette vieille clé, cachée quelque part dans la pièce, si tu ne veux pas te faire prendre...

Cherche bien sur cette image ; si tu la trouves, va au numéro 73. Par contre, si tu ne la trouves pas, rends-toi au numéro 13.

78

Dévalant l'escalier à toute vitesse, tu songes tout à coup que si tu avais le fameux livre de ton prof qui traite du cannibalisme, tes arguments auraient certainement beaucoup plus de poids. Oui, avec cette preuve incriminante, le directeur serait plus facile à convaincre.

« Je dois aller le chercher », te dis-tu en rebroussant aussitôt chemin. En te retournant, tu attrapes par le bras Audrey, qui se dirigeait vers votre point de rendez-vous. « Attendez ! leur dis-tu. Venez avec moi, il faut retourner en classe, il nous faut ce livre.

— Je ne veux pas retourner là-bas, s'écrie-t-elle en tentant vainement de partir.

— Je t'en prie, la supplies-tu, je te demande seulement de surveiller le couloir pendant que je subtiliserai le livre.

— Bon d'accord, cède-t-elle finalement, mais faisons vite ! »

Introduisez-vous dans la classe par le numéro 39.

79

Jean-Christophe et toi faites volte-face et, d'un vif coup de pied, vous frappez la porte qui s'ouvre avec fracas. Rapidement, comme on fait dans les films policiers, vous entrez dans le local en criant : LÂCHE-LA, ESPÈCE DE CANNIBALE ! Mais, à votre grand étonnement, des rires fusent de toutes parts. Il n'y a ni cannibale ni victime, mais plutôt une classe remplie d'élèves en train de visionner un film..., un film d'horreur, et le cri que Marjorie a entendu était bien un cri de détresse, mais il provenait du film.

Ha ! Ha ! Vous pensiez devenir des héros, mais vous êtes plutôt devenus... la risée de l'école !

FIN

80

Presque personne ne descend à la cave, sauf le concierge, lorsqu'il a une réparation à faire à la tuyauterie, et, bien sûr, ton prof, ce mort-vivant, ce cannibale, pour y savourer ses ignobles repas.

Arrivés au sous-sol, Jean-Christophe et toi avez du mal à distinguer la moindre chose, car il fait trop noir. La seule lueur qu'il y a provient d'un petit soupirail qui laisse aussi entrer, heureusement, un peu d'air frais qui dissipe quelque peu le mélange d'odeurs nauséabondes.

« Mais où sont-ils passés ? demandes-tu à Jean-Christophe en scrutant la noirceur.

— Attends, je crois qu'il y a un interrupteur à ma droite. Je vais allumer », te répond-il. **CLICK !** Une fois que le clignotement des tubes au néon a cessé, tu peux enfin voir la grande salle dans laquelle tu te trouves. Une main terriblement froide se pose sur ton épaule : c'est celle du directeur.

Tu constates avec désespoir que vous êtes entourés de ton professeur, et du directeur et de tous les autres profs de l'école..., les yeux profondément enfoncés dans leurs orbites, les lèvres bleutées. Il n'y a qu'une explication à tout cela... CE SONT TOUS DES MORTS-VIVANT !!!

Tes cheveux se dressent sur ta tête et la sueur froide qui te coule dans les yeux t'aveugle...

FIN

81

« Je ne peux pas croire que tout sera bientôt fini. Grâce à moi et aux Téméraires de l'horreur, l'école Saint-Macabre redeviendra une école comme les autres », penses-tu avec grande satisfaction.

Dans le corridor, tandis que vous suivez le directeur comme des automates, tu es soudainement pris d'un étrange pressentiment. Comme si... Comme si rien n'allait se dérouler comme prévu. Quelques secondes plus tard, vous arrivez à la salle des profs. Le directeur ouvre la porte, vous entrez...

Les discussions entre les professeurs s'arrêtent subitement pour faire place à un silence pareil à celui d'un cimetière... UN SILENCE DE MORT ! Et là, alors que tu croyais que le directeur mettrait la main au collet du prof cannibale et qu'il te présenterait aux autres comme étant celui qui, avec toute sa bande des Téméraires de l'horreur, a héroïquement élucidé toute cette effrayante histoire, il te présente plutôt comme un hors-d'oeuvre de choix. « Tenez, mes amis, servez-vous, dit-il de sa voix ténébreuse, en s'assurant de bien verrouiller la porte. Voici le buffet du midi de l'école Saint-Macabre... LES TÉMÉRAIRES DE L'HORREUR... »

Vous aviez tort ! Votre professeur n'est pas un cannibale... C'EST UN ZOMBI, un mort-vivant, comme le directeur et tous les autres profs de l'école qui s'avancent vers vous en se léchant les babines avec leur dégoûtante langue verte...

FAIM

82

Tu tournes nerveusement la poignée. La massive porte de bois vermoulu s'ouvre dans une cacophonie de grincements : **CRIII! SHRII! VRII !** Que trouveras-tu de l'autre côté ?

À pas prudents, vous pénétrez dans cette pièce très sombre. Soudain **BROOOUUUUM !**, vous sursautez tous les deux lorsque le tonnerre se met à gronder. Presque au même moment, un éclair déchire le ciel, éclairant pendant une fraction de seconde le bureau dans lequel vous vous trouvez.

« Je, je, je crois que nous ne sommes pas seuls ici, il me semble avoir entrevu quelqu'un lorsque l'éclair a illuminé la pièce, bégaie à voix basse Jean-Christophe en tapotant le mur afin de trouver l'interrupteur. Ah le voilà ! » **CLIC !** et les lumières s'allument et éclairent...

LA HORDE COMPLÈTE DES ZOMBIS DE
L'ÉCOLE SAINT-MACABRE !

« ILS SONT TOUS ICI ! cries-tu, nous n'avons
plus aucune chance de nous enfuir... »

Tous les professeurs, le chauffeur de l'autobus
ainsi que le directeur... ils sont tous ici ! Vous êtes
assiégés par la meute affamée de morts-vivants aux
dents affûtées comme des poignards. Leurs mains
dégoûtantes sont tendues vers toi. Ton sang se glace
dans tes veines. Tes yeux roulent dans leur orbite,
tu t'évanouis... HAAAAAA !

Si jamais tu reprends conscience, cherche le numéro 20.

83

La pluie commence tout juste à tomber sur le
chantier de construction où personne ne vient
jamais ; l'orage arrive. Avec les structures aban-
données des bâtiments à peine érigés, cet endroit a
vraiment l'air morbide.

« Ça fait longtemps que le travail est arrêté ici,
soulignes-tu, et c'est normal avec tous ces accidents.

— Quels accidents ? demande Marjorie, curieuse.

— Plusieurs travailleurs ont été blessés, quelques-uns grièvement, par un étrange animal ou quelque chose d'autre, mais personne n'est sûr, relates-tu. Mon père m'a raconté que lorsqu'il était enfant, la rumeur voulait que les lieux soient habités par un mort... un mort-vivant quoi !

— Tu dis des sornettes ! lance Jean-Christophe en tournant la tête d'un côté et de l'autre en signe de dénégation.

— Et ce n'est pas tout, poursuis-tu, il m'a aussi dit que son bras, arraché lors d'un accident, le suivait partout comme un chien, et c'est avec ce bras qu'il attaque les travailleurs de ce chantier, semble-t-il.

— C'est totalement idiot, cette légende, répond Marjorie, sceptique.

— J'espère que vous avez raison, car je crois avoir vu quelque chose bouger dans le tas de débris vers lequel nous nous dirigeons », leur fais-tu remarquer.

Allez au numéro 6.

84

Jamais un élève n'avait encore mis les pieds ici, dans ce sanctuaire réservé uniquement aux professeurs, et c'est bien comme vous vous l'étiez imaginé. Dans la pièce un peu sombre, plusieurs gros fauteuils verts en cuir capitonnés entourent une grande table à café. Les murs couverts de livres invitent à la lecture et donnent à l'endroit une ambiance de bibliothèque comme on en trouve dans les grands châteaux.

« Il nous suit toujours, vous informe Jean-Christophe en refermant la porte. Ne restons pas ici une seconde de plus.

— Attendez ! Regardez ce livre sur la table à café, leur dis-tu en leur montrant le titre du doigt : *Délicieux de la tête aux pieds*.

— BEURK ! Ce... c'est... c'est un livre de recettes pou-pou-pour cannibale, bafouille Audrey qui, dégoûtée, tourne la tête vers la porte, qui s'ouvre subitement dans un fracas assourdissant. **BROOUUM !**

— *Vite, filons ! ajoute Jean-Christophe, jusqu'au laboratoire au numéro 108.*»

85

Recettes pour cannibales, écrit par le grand et réputé chef frère Gargouille !

Tu te mets à lire quelques lignes : « Vous prenez un élève bien frais, COUPÉ EN PETITS MOR-CEAUX... » puis tu refermes le livre. « BEURK ! C'est " hyper dégoûtant ", prenons-en un autre... »

Retournez au numéro 26.

86

BRAAAMM ! Le vacarme effrayant des livres frappant le plancher retentit dans toute la bibliothèque. « Elle m'a presque eu, lances-tu, dégoûté à la vue de cette hideuse main gluante et toute frémissante de vers.

— *Sortons d'ici ! insiste Marjorie, apeurée. Quittons la bibliothèque. Partons vers le numéro 97. »*

87

DRIIIINNGG ! La cloche sonne et annonce le début de la récréation. Dans quelques secondes, les couloirs de l'école se rempliront d'élèves. Vous serez ainsi en sécurité, du moins pour le moment.

Rendez-vous au numéro 92.

88

« Quel dégât ! » Mais ça n'aura pas servi à grand-chose, car malgré toutes ces éclaboussures, IL VOUS A QUAND MÊME APERÇUS...

Après avoir exécuté quelques pas de danse dans la peinture, le concierge retrouve son équilibre et se dirige, à votre grand étonnement, vers la porte. « Peut-être l'avons-nous effrayé ? » murmures-tu aux autres.

Mais malheureusement non! Il était juste allé à la porte... POUR LA VERROUILLER !

« Hé bien, vous n'avez pas l'air dans votre assiette, vous dit-il de sa voix caverneuse en se retournant. Mais ça ne fait rien, car voyez-vous, vous serez bientôt DANS LA MIENNE ! »

Rends-toi au numéro 2.

89

Pas de chance ! Tu tires et tu tires, mais en vain : il ne s'ouvre pas. Les hideux insectes mutants assoiffés de sang commencent à grimper sur vos jambes. Pour vous trois, c'est une horrible...

FIN

90

Arrivés près du bureau du directeur, vous vous faites interpeller par Johanne, la secrétaire.

« Nous voudrions voir le directeur, s'il-vous-plaît, lui demande Marjorie. Nous connaissons l'identité de l'auteur de toutes ces disparitions. C'EST VRAI !

— Mais entrez donc ! répond-elle sans hésiter. Je lui annonce votre arrivée. »

Vos révélations stupéfient le directeur. La présence d'un cannibale ici même, à l'école, l'indigne. « Ce professeur C. Arnivore en est à son dernier repas, je peux vous le garantir ! s'empresse-t-il de dire. Je m'occupe immédiatement de cette affaire ! »

Sans hésiter, il annule les cours et renvoie à la maison tous les élèves pour le reste de la journée. Personne n'est témoin de l'arrestation du prof cannibale ni de son emprisonnement. Quelques jours plus tard, la direction de l'école donne une célébration en reconnaissance de ses héros, c'est-à-dire VOUS... LES TÉMÉRAIRES DE L'HORREUR.

Le soir de la cérémonie, tous se retrouvent à l'auditorium. Sur la scène, à vos côtés, le directeur vous présente comme les héros de cette terrible aventure. Cependant, tandis qu'il fait ton éloge et celle des autres membres de la bande, tu remarques que, dans la salle, plusieurs élèves et professeurs te regardent d'une bien drôle de façon... « Mais pourquoi se lèchent-ils tous les babines ? » te demandes-tu.

Pourquoi ? Parce que, vois-tu, Saint-Macabre est une école différente, bien différente des autres. Oui, c'est une école pour cannibales, zombis, et morts-vivant. Ici, tout le monde est une espèce de bouffeur de chair humaine... Cette cérémonie n'est qu'un piège. Et ce soir, ils ont tout un festin qui les attend : OUI ! ce soir, ils ont trois héros à se mettre sous la dent...

FAIM

91

« Jusqu'où allons-nous ? demande Audrey, fatiguée de courir.

— Je ne le sais pas, lui réponds-tu. Je ne crois pas être déjà passé par ici et ce corridor ne me dit rien qui vaille. »

Après quelques bonnes enjambées, tu constates avec horreur que ton intuition était bonne : vous arrivez face à face à un mur, UN CUL-DE-SAC...

« Ah bravo ! Qu'est-ce qu'on fait maintenant ? demande Marjorie tout en cherchant des yeux une autre issue. YARK ! fait-elle, je suis pleine de fils d'araignées. Y a-t-il un miroir ici ? Il faut que je voie si je suis décoiffée.

— Un miroir ! s'écrie son frère. T'es dingue, c'est

pas le temps de faire ton hygiène personnelle, cherche plutôt une solution à notre problème au lieu de dire des conneries !

— Des conneries ? répète Marjorie. Tu ne te rappelles pas ce que maman nous a dit ? Il faut toujours soigner son apparence. Je m'imagine mal tout dépeignée dans l'assiette de quelqu'un, dit-elle pour se moquer de son frère.

— Ça suffit vous deux, leur cries-tu, regardez en haut, il y a une bouche de ventilation. Je vais l'ouvrir, j'ai apporté des outils. »

Maintenant, rampez dans l'étroit conduit jusqu'au numéro 38.

92

Dans les corridors de l'école Saint-Macabre, quand la cloche de la récré sonne, le flot d'élèves est tellement fort qu'il peut presque te transporter dans la cour sans que tu aies à marcher. C'est pratique quelquefois, mais pas quand tu veux te rendre ailleurs !

« Il faut coûte que coûte aller au bureau du

directeur pour l'avertir qu'un cannibale se cache parmi ses professeurs ! s'écrie Jean-Christophe qui, sur la pointe des pieds, s'élève au-dessus de la cohue pour te voir. Quelle vague, ils nous faudrait une planche de surf...

— Entrons ici, et attendons que tout le monde soit sorti dans la cour d'école, suggère Marjorie en poussant la porte battante pour vous permettre d'entrer.

— Bon, eh bien, je crois que nous pouvons y aller, maintenant ! lance nerveusement Jean-Christophe après seulement quelques secondes d'attente.

— Mais pourquoi es-tu si impatient de ressortir ? lui demandes-tu en jetant un coup d'oeil dans le corridor encore encombré d'élèves.

— PARCE QUE NOUS SOMMES DANS LA SALLE DE TOILETTE DES FILLES, FIGURE-TOI ! »

Frayez-vous un chemin jusqu'au bureau du directeur, au numéro 90.

90

À l'école Saint-Macabre, même lorsque toutes les lumières sont allumées, il fait quand même sombre. Les corridors austères, les cages d'escalier délabrées et les toiles d'araignées qui décorent les plafonds lui donnent un air des plus morbides, même le jour.

« Vous savez, je crois que c'est un peu normal d'avoir la trouille, mais au nom de tous nos amis disparus, nous devons continuer malgré tout », insistes-tu en empruntant le dernier couloir conduisant à la bibliothèque. Après un bref coup d'oeil à travers la petite lucarne grillagée de la porte, vous entrez.

« C'est bon, il n'y a personne, les informes-tu. Maintenant, où faut-il chercher ? Où trouverons-nous des livres qui traitent du cannibalisme ?

— Dans la rangée " M " pour MONSTRE, te répond Jean-Christophe. Mais attention, je dois te prévenir, tu vas probablement y trouver aussi la photo de Marjorie, ajoute-t-il pour blaguer en essayant de garder son air sérieux.

— Quoi ! Qu'est-ce que tu as dit ? T'as parlé ou t'as roté ? lui répond sa soeur, offusquée.

— Ça m'étonne que tu saches où se trouve la rangée M, ajoute-t-il, toi qui ne vas jamais plus loin que la rangée B, la rangée des bandes dessinées.

— *A-R-R-Ê-T-E-Z, VOUS DEUX ! les grondes-tu, vous nous faites perdre un temps précieux. Il faut aller tout de suite à la rangée M qui se trouve au numéro 26.* »

94

Quel fouillis ! Même tenter d'ouvrir un tiroir de ce bureau n'est pas une sinécure. Sur le dessus du bureau, tu remarques de grosses traces de couteau. Comme sur les tables de travail de la boucherie du coin, près de chez vous. « Il faut se dépêcher, leur dis-tu, je ne veux certainement pas passer la nuit ici au milieu de cet effroyable désordre ! »

À l'instant où tu ouvres le tiroir, tu remarques les étranges photos accrochées au mur. Il y en a une en particulier qui attire ton attention : elle repré-sente une espèce de fête nocturne. Très particulière, elle montre plusieurs personnes qui, les bras dressés vers le ciel, entourent une immense marmite. Mais que peut-elle bien contenir ?

Tu te mets à fouiller dans le tiroir dans lequel tu trouves des crayons, une règle, une araignée... YARK ! ENCORE !

Inutile de continuer, il n'y a malheureusement rien d'intéressant dans ce tiroir. Retourne au numéro 105 pour voir si tu ne trouverais pas quelque chose ailleurs.

95

Vous vous retrouvez subitement sur la scène de l'auditorium. L'endroit est inoccupé. Seuls sont allumés les projecteurs qui éclairent le plateau sur lequel vous êtes, vous mettant dangereusement en évidence. « Allons-nous planquer dans la salle derrière les sièges des spectateurs, leur conseilles-tu. Il fait sombre, il ne nous verra pas ! »

À la queue leu leu, vous empruntez l'allée principale et vous vous faufilez entre les rangées de sièges pour finalement disparaître dans le noir. Étendue sur le sol, Marjorie ne cesse de gémir. « Mais qu'est-ce que tu as à bouger comme ça, arrête ! Tu vas nous dénoncer, lui chuchotes-tu.

— C'est crotté ! Par terre, il y du maïs soufflé et je suis couchée en plein dedans ! » te répond-elle à l'instant même où le prof cannibale fait son entrée sur la scène. La gorge serrée par l'émotion, tu lèves doucement la tête pour regarder. Mais que fait-il la tête entre les mains ?

Oui, pourquoi se tient-il la tête ? Pour enlever à ton grand étonnement le masque de latex qui couvrait son horrible figure et qui cachait sa vraie identité. Un

visage aussi horrifiant ne peut signifier qu'une chose :
C'EST UN MORT-VIVANT, UN ZOMBI !

Marjorie, vraiment placée dans une position inconfortable, se retourne légèrement sur le côté, écrasant sans le vouloir quelques grains de maïs **CROUUUUCH !** « Oups ! fait-elle, excusez-moi. »

Mais catastrophe ! LE MONSTRE A ENTENDU ! Rendez-vous au numéro 49.

96

« IL S'OUVRE ! s'écrie Marjorie en y mettant aussitôt les pieds.

— Es-tu sûr que c'est une bonne idée ? te demande Jean-Christophe, sceptique.

— Eh bien, vois-tu, tu as le choix, lui expliques-tu ; ou bien tu passes par cette chute à linge qui, je dois l'avouer, n'a rien de très invitant, ou bien tu passes par la bouche de ce zombi pour te rendre à son estomac. Que choisis-tu ?

— EEUUUUH !

— *Viens t'en donc, triple idiot »,* grognes-tu en le prenant *par le bras pour l'entraîner dans une dégringolade de plusieurs mètres jusqu'au sous-sol, au numéro 36.*

97

« Eh bien ! Nous n'avons pas appris grand-chose, conclut Jean-Christophe, visiblement déçu.

— Ça ne fait rien, le rassures-tu, nous savons au moins que notre prof est une sorte de zombi cannibale et que c'est lui qui s'attaque aux élèves. Nous n'avons plus qu'à aller voir le directeur avec tout cela et espérer qu'il nous croie. »

Pendant que vous échafaudez votre plan, un hurlement effroyable retentit : « HAAAAAAA ! », et vous fige sur place. « Ça vient de l'autre pièce, vous indique Marjorie, sûre de ce qu'elle avance. Ce monstre est dans la pièce d'à côté avec Audrey ; il n'y a aucun doute, je l'entends gémir.

— Nous n'avons pas le temps d'aller chercher le directeur ! s'écrie Jean-Christophe, IL FAUT FAIRE QUELQUE CHOSE...

— Tu as raison ! t'écries-tu, les yeux agrandis par la peur, nous n'allons pas le laisser faire ! Allons-y tous les trois ! »

ENFONCEZ LA PORTE ! Elle se trouve au numéro 79. VITE !

98

Devant vous se dresse l'école Saint-Macabre... dans toute son horreur. À l'heure qu'il est, il n'y a plus personne dans la cour. Tous les élèves sont en classe.

« Je me fiche bien d'être en retard, dit Marjorie, je veux seulement que l'infirmière soigne mes bobos. »

À l'infirmerie, la garde-malade vous demande ce qui vous a occasionné ces drôles de petites blessures. Assis près d'elle, vous lui racontez toute votre histoire, TOUTE ! dans les moindres détails... Entre autres, vous lui faites part de l'incroyable découverte que vous avez faite au cimetière Fairelemort.

« Quoi ! Ton professeur serait un zombi, me dis-tu ? Un mort-vivant affamé de chair humaine ? répète-t-elle après toi. Et ce serait donc lui le responsable de toutes ces disparitions ? Cette nouvelle est très préoccupante, souligne-t-elle. Je dois en informer le directeur sur-le-champ ! Ne bougez surtout pas d'ici vous trois, je reviens... »

Tu te retrouves au numéro 111.

99

« Venez voir ! Ce papier est le reçu d'une réservation faite à la compagnie aérienne *AIR DÉGUERPIR* et il est établi au nom de Monsieur C. Arnivore. Un vol de nuit, précises-tu. IL EST PARTI ! Il a quitté la ville... OOUUAAIIS !!! »

Oui, c'est sûr. Depuis que le prof cannibale s'est éclipsé en douce, les horribles crimes ont cessé à l'école Saint-Macabre. Tout est revenu à la normale : les études, les cours... Désormais, lorsqu'un élève s'absente, c'est souvent à cause d'un banal rhume. Il ne reste maintenant plus que le douloureux souvenir de cette sordide affaire.

Mais quelque part, dans une autre école, dans un autre quartier, un professeur qui s'est déclaré malade est remplacé par un suppléant. Un certain MONSIEUR ARNIVORE...

Et c'est malheureusement dans une autre école que l'horreur continue...

FIN

100

Devenu glissant à cause de la pluie, l'escalier de métal ralentit un peu votre fuite. Mais ce n'est plus bien grave à présent, car le directeur ne semble plus vous poursuivre.

« C'est curieux ! Où est Audrey ? demandes-tu à Jean-Christophe. Elle qui était partie en tête, elle n'est plus dans l'escalier », remarques-tu en descendant.

Tout à fait en bas, vous vous retrouvez à l'intérieur de l'école, près des casiers des élèves. Par terre, vous ne trouvez que le sac à dos d'Audrey, TOUT DÉCHIRÉ...

« NNOOONNN ! cries-tu en lançant du même coup le tien contre le mur. Jean-Christophe, nous ne pouvons plus fuir. REGARDE ! C'est le sac d'école d'Audrey.... Aussi périlleux que cela puisse être, nous devons à tout prix la délivrer des griffes de ces monstres.

— JE SUIS PRÊT ! te répond Jean-Christophe les dents serrées par la colère.

— Ça va chauffer..., oui, ça va chauffer ! songes-tu, car lorsque Jean-Christophe se fâche, ça signifie qu'il va y avoir du grabuge... Regarde ! lui chuchotes-tu, il y a des traces de pas qui conduisent au bout du corridor à ce bureau, Allons-y ! »

Rends-toi au numéro 82.

101

« Je ne comprends pas pourquoi vous essayez de fuir, grogne-t-il du haut de l'escalier. Car, voyez-vous, je ne saute jamais un repas et je peux vous garantir que je termine toujours mon assiette... OH ! que vois-je ? vous m'avez tendu un piège... s'aperçoit-il en regardant vos effets scolaires abandonnés sur les marches. C'est peine perdue, je l'ai vu, moi aussi, le film " Papa j'ai raté le train ". Je pense que je vais faire comme vous, je vais glisser sur la rampe jusqu'en bas ; comme ça, j'arriverai plus vite pour vous déguster goulûment... »

Vous vous regardez tous les trois comme pour vous faire vos adieux. Vous êtes faits ! Il n'y a rien qui puisse vous sauver à présent, non rien... Sauf, peut-être...

Allez maintenant au numéro 87.

102

Sous les yeux horrifiés de tes amis, la main

visqueuse te saisit et t'entraîne entre les tablettes de l'étagère. Tu disparais pour toujours, dans les entrailles obscures de SAINT-MACABRE...

Quelques semaines plus tard, la direction de l'école ferme définitivement la bibliothèque sous prétexte quelle est hantée par une espèce de monstre abominable et par un jeune revenant... TOI !

FIN

103

PAS DE VEINE ! Il vous a eus, ou plutôt, il vous a mis son horrible main au collet. Vous savez, celle qui est détachée de son corps et qui le suit partout, comme un chien !

FIN

104

La senteur citronnée du savon l'avait bien annoncé : LE CONCIERGE OUVRE LA PORTE. À sa main, son éternel balai sans lequel il serait méconnaissable. Il entre et referme la porte. Ce petit homme rabougri semble pourtant bien inoffensif. Ces monstres doivent sûrement se servir de lui pour assouvir leur faim bien répugnante. Peut-être avez-vous une chance...

Mais malheureusement, il ne GOBE pas votre histoire. Parce que, voyez-vous, il aime bien faire plaisir à ses maîtres, les zombis, en leur fournissant des élèves bien dodus. Et maintenant qu'il a quatre victimes à leur servir, ses petits yeux noirs brillent d'une joie bien sanguinaire : « Mes maîtres seront très contents de moi... » semble-t-il se dire.

Il n'y a plus rien que vous puissiez faire à présent. Debout, faisant face au concierge, vous vous sentez totalement démunis. Le prof cannibale et le directeur apparaissent sur le seuil de la porte... qui se referme :

IIIIIITCHICK !

FIN

105

« Assez perdu de temps, il faut chercher partout », suggère Jean-Christophe. Vous avez le choix de fouiller :

dans le tiroir du pupitre au numéro 94 ;
dans le vieux classeur au numéro 74 ;
dans la corbeille à papier où est tombée l'araignée BEURK ! au numéro 12 ;
sur la bibliothèque au numéro 24 ;
ou, enfin, dans le godet à crayons, au numéro 68. On ne sait jamais...

106

Il est verrouillé ! Tu as beau tirer et tirer de toutes tes forces, il refuse de s'ouvrir. Fuir par une fenêtre ? C'est impossible, car elles sont toutes recouvertes d'un grillage de métal. Subitement, la porte de l'auditorium s'ouvre dans un fracas indescriptible. **BRAOUMM !** Tu n'oses même pas ouvrir les yeux tellement tu es effrayé. Blottis les uns contre les autres, tremblant de tous vos membres, vous attendez malheureusement la fin qui s'approche...

quand tout à coup apparaît celui qui est sorti de l'auditorium... LE CONCIERGE !

« Mais qu'est-ce que vous faites ici, bande de p'tits voyous ? vous demande-t-il. Vous savez bien que cette partie de l'école est interdite aux élèves. J'ai bien envie de vous dénoncer au directeur. Allez ! Ouste ! Et que je ne vous revoie plus...

— Tous des PETITS MONSTRES, ces enfants », se dit-il en poursuivant son travail...

FIN

107

« ÇA GLISSE TROP ! Je ne réussirai jamais à sortir de là, se plaint Jean-Christophe, qui se retrouve maintenant seul dans l'étang. JE M'ENFONCE !

— PRENDS MA MAIN ! Marjorie a attaché mon sac à l'arbre, lui dis-tu. Je t'assure que je ne glisserai plus maintenant. Je peux te sortir de là, fais-moi confiance ». Jean-Christophe tend alors la main pour prendre la tienne. En combinant vos forces, vous finissez par le sortir de l'étang avant que les sangsues, ces terrifiants petits vampires gélatineux, ne se délectent de son sang.

Secouez-vous, et courez jusqu'à l'école, vite au numéro 66.

108

« DÉPÊCHEZ-VOUS DE VERROUILLER LA PORTE ! vous crie Audrey en entrant dans le laboratoire. **CHLICK !**

— Voilà, c'est fait », annonce Jean-Christophe. Au même instant, le visage en décomposition du directeur vient s'écraser bruyamment sur la vitre **PAF !** Regardez ses yeux, grands et noirs, vidés de toute lueur de vie et ses affreux doigts crochus qui grattent le bois de la porte.

Vous êtes temporairement à l'abri, mais le spectacle qui s'offre à vous en ce moment est plutôt funeste. En effet, les tablettes recouvrant les murs sont pleines de spécimens d'animaux bizarres morts, flottant dans des bocaux remplis d'un liquide verdâtre : une dégoûtante larve-cyclope, des rats à six pattes et une espèce de petite pieuvre recouverte de poils. L'odeur pestilentielle des liquides plane juste au-dessus de vos têtes et sature l'air ambiant...

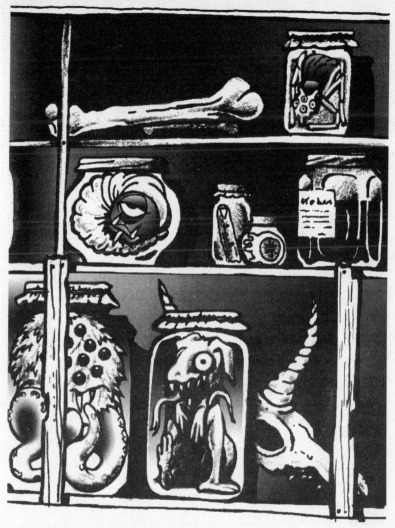

Prenez maintenant la sortie de secours qui donne à l'extérieur et qui vous conduira au numéro 100.

109

Poussée par sa curiosité, Marjorie prend sans réfléchir le livre traitant des morts-vivants. « REGARDEZ LA COUVERTURE ! » s'écrie-t-elle.

Quelle scène d'horreur, en effet. Il y est dessiné un mort-vivant en train de dévorer un homme. « Regardez ses yeux, ils sont comme ceux de... MONSIEUR ARNIVORE !

— N'ouvre pas le livre, lui dis-tu, c'est inutile. Je viens de comprendre à qui nous avons affaire. Ce monsieur C. Arnivore est aussi un zombi ! »

Retourne au numéro 26.

110

On ne t'a pas revu depuis cet incident. Mais quelques jours plus tard, à la cafétéria, la soupe du midi portait TON NOM !, mais personne ne l'a remarqué.

Vous attendez patiemment son retour, tous les trois heureux du dénouement de cette aventure.

« Tu vas voir, lorsque le directeur mettra la main au collet de ton professeur, dit fièrement Marjorie, ce cannibale regrettera d'être sorti de sa tombe ! »

Au même moment, un bruit de pas venant du couloir se fait entendre. Des pas lourds..., et un cri : « AAAAAAHHHHHH ! »

« L'INFIRMIÈRE ! Sapristi ! Que se passe-t-il ? » cries-tu en ouvrant la porte brusquement. Dans le corridor, une silhouette familière se découpe près de l'infirmière qui gît par terre. TON PROF, LE ZOMBI !

Inutile d'essayer de fuir puisque ce couloir est la seule issue possible. Il s'avance lentement vers toi, car il sait bien que tu es pris au piège. Ses doigts crochus te saisissent par le chandail, tes jambes deviennent tout à coup molles comme de la guenille.

C'est la dernière chose dont tu te souviendras lorsque tu te réveilleras plus tard au numéro 65.

112

« Alors, ça boume les gars ?

— Marjorie ! lancez-vous tous les deux à l'unisson. Tu ne peux pas savoir à quel point nous sommes contents de te voir. Détache-nous et sors nous d'ici, VITE !

— Pourquoi ? Je vois qu'on s'amuse bien ici... Je crois que je vais retourner à la maison pour chercher mon maillot, ajoute-t-elle en faisant des ronds avec son index dans l'eau qui devient de plus en plus chaude.

— Cesse de déconner ! lui grognes-tu, ça commence à chauffer drôlement ici.

— Quand j'ai vu que Jean-Christophe ne rentrait pas ce midi à la maison, j'ai vite compris ce qui se passait, raconte-t-elle, et je n'ai pas hésité une seconde. J'ai pris la précaution de téléphoner à la police avant de partir, je ne suis pas sûre qu'elle va venir, elle a trouvé mon histoire plutôt abracadabrante », ajoute-t-elle en tripotant le noeud de la corde qui te retient.

Pendant que Marjorie s'affaire à te délier les mains, tu constates qu'il est malheureusement trop tard, car sous tes yeux médusés, la horde de zombis affamés se rue vers vous, fourchette à la main, en gémissant d'une façon inhumaine...

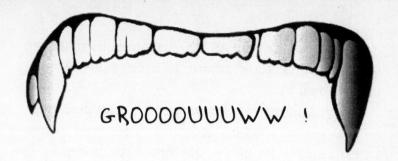

GROOOOUUUWW !

« Venez, mes chers confrères, un COPIEUX repas nous attend, glousse le directeur en salivant. GRRRRRR ! OUI ! Ce n'est pas tous les jours que nous pouvons nous mettre sous la dent... LES TÉMÉRAIRES DE L'HORREUR ! »

Suivi des autres affreux bouffeurs de chair humaine, IL APPROCHE...

Soudain, **VLAN !** la porte de la cafétéria est arrachée de ses gonds et vole littéralement en éclats. Trois bombes lacrymogènes explosent sur le plancher et les gaz envahissent presque aussitôt la pièce. Vous retenez votre souffle ; C'EST LA POLICE !

« QUE PERSONNE NE BOUGE ! crient les agents en encerclant tous ces affreux bouffeurs de cerveaux pour les neutraliser avec des filets. VOUS ÊTES TOUS EN ÉTAT DE DÉCOMPOSITION. EUH ! D'ARRESTATION !

— Ça va, les enfants ? demande le détective responsable de cette affaire, le sourire aux lèvres ; tout va bien ?

— Oui, monsieur, lui répond-tu, mais descendez au plus vite au sous-sol de l'école. Vous y trouverez enfermés tous les élèves qui ont disparu depuis le début de l'année.

— J'envoie mes hommes tout de suite, et merci à toi et à toute la bande. Nous ramènerons tous ces zombis où ils devraient être... te rassure-t-il, c'est-à-dire... AU CIMETIÈRE FAIRELEMORT ! »

FÉLICITATIONS !
Tu as réussi à terminer
Le prof cannibale.